영재
똑똑한
아이가
위험하다

영재, 똑똑한 아이가 위험하다

초판인쇄	2022년 04월 15일
초판발행	2022년 04월 22일

지은이	신성권
발행인	조현수
펴낸곳	도서출판 프로방스
마케팅	최관호
IT 마케팅	조용재
교정교열	권 표
디자인 디렉터	오종국 Design CREO

ADD	경기도 고양시 일산동구 백석2동 1301-2 넥스빌오피스텔 704호
전화	031-925-5366~7
팩스	031-925-5368
이메일	provence70@naver.com
등록번호	제2016-000126호
등록	2016년 06월 23일

정가 16,000원
ISBN 979-11-6480-201-2 03810

영재
똑똑한
아이가
위험하다

신성권 지음

"세상에 없는 답을 만들어가는
창의적 영재가 필요하다"

필자는 이 책을 출간하기에 앞서 천재들의 독특한 정신세계를 적나라하게 다룬 〈천재, 빛나거나 미쳤거나〉를 집필하였다. 이 책은 천재 현상에 대한 독자들의 지평을 확장함으로써 그동안 사회가 간과해왔던 개인들의 독특한 기질에서 천재성의 실마리를 발견하고 그것이 (앞으로 우리가 맞이할 새로운 산업 시대에) 온전한 창조성으로 발현될 수 있도록 하는 것에 목적이 있었다. 이 책은 인문 철학서로서, 문화체육관광부에서 주최한 세종도서 우수 교양부문에 선정될 만큼 작품성과 독창성 면에서 우수한 평가를 받은 작품이다.

하지만 근본적으로 인문 철학서라는 점에서, 필자는 (인간의 천재성을 주제로 하되) 독자층의 일상생활에 들어와 실용적 도움을 줄 수 있는 또 다른 책의 집필에 대한 필요를 느꼈다. 이에 필자가 집중한 것이 바로 영재라는 개념이다. 영재라는 개념은 천재와 달리 실용적으로 접근할 수 있는 주제이다. 모든 부모는 아이의 영재성을 발견하고, 그 잠재력을 최대한으로 키워 줄 의무를 갖는다. 천재는 결과물에 초점을 둔 개념이지만 영재는 잠재력에 초점을 둔 개념이다. 영재라고 해서 모두 천재로 성장하는 것은 아니지만, 천재들의 어린 시절은 대부분 영재였고, 영재는 그 자체로 잠재적 천재 상태라고 할 수 있다. 필자는 이 세상의 영재들이 각 분야에서 위대한 성취를 남길 수 있는 천재로 성장하길 기원하면서 교사와 학부모들에게 유용한 정보를 전달하는 실용서의 형태로 영재 교육서를 집필하게 된 것이다.

1920년대부터 영재에 관한 연구와 교육 방법에 대한 논의가 활발하게 이루어졌던 미국과 달리 한국에서는 비교적 최근에 와서야 '영재'가 연구의 대상으로서 주목받았다. 그 때문에 교육자를 비롯한 국민 대다수가 영재의 지적인 우수성(인지적 특성)에만 집중하고 있을 뿐 '정서적 특성'이나 독특한 사고방식, 그리고 그에 따른 행동 양상들에 대해서는 잘 알지 못하고 있는 것이 현실이다.

영재라 한다면 단순히 IQ가 높고 공부를 잘하며 부모와 선생님의 말씀을 잘 듣는 모범적인 아이 정도로 인식되는 것이 우리 교육의 현주소다. 교육 전문가라 할 수 있는 교사들도 '영재'에 대한 인식이 비전문가들과 크게 다르지 않다. 교사는 현실의 교육 현장에서 자신의 지시를 잘 따르고 학교의 권위에 순종하며 공부를 잘하는 학생만을 영재로 생각하는 경향이 있기 때문이다. 교사들은 영재가 아니다. 대부분 모범생 수재 출신이기 때문에 자신과 유사한 특성을 보이는 아이들을 곧 영재라고 판단하는 경향이 있다.

하지만 우리의 상식과 달리 영재라고 해서 반드시 공부를 잘하는 것은 아니며 모범적인 행동과 거리가 멀 수도 있다. 또한, 영재아는 독립심이 강하고, 고집이 센 경향이 있어서 부모나 교사의 일방적 지시에 불응하고 충돌하는 경우가 많다. 발달한 인지적 능력과 강한 자아는 또래들과의 관계에서 이질감을 심화시키기도 한다. 그래서 학교에 부적응하거나 일명 외톨이로 지내는 아이 중에 적잖은 영재가 숨어 있다. 또한, 한 분야에서 이미 뛰어난 기량을 보이거나 학업성적이 우수한 성취 영재 역시, 사회적, 심리적으로 완벽할 것으로 생각하면 안 된다. 성취 영재는 탁월한 자신의 능력에 대해 확고한 믿음과 신념을 가지고 있기에 긍정적 자아상을 형성하고 주변 사람들과 원만한 인간관계를 형성할 수 있을 것처럼 여겨지지만, 사실 영재성은 그 자체로 불안 요소를 내포하고 있다. 왜 영재아는 이러한 모습을 보이는 것일까?

영재와 천재가 이상하게 보이는 것은 그들이 이상해서가 아니라, 일반인을 판단하는 잣대로 그들을 재고 있기 때문이다. 이상하게만 여겨지는 그들의 사고방식이나 행동 양상은 사실, 영재의 일반적 특성에 해당한다. 영재는 고작 인구의 2%를 차지하고 있으므로, 일반적 통념에서 벗어난 기질을 지닌 이들이 사회의 대다수를 차지하고 있는 일반인들과 원활하게 의사소통하고, 그들로부터 온전히 이해받는 것은 기대하기 어려울 것이다. IQ 140 이상의 고도 영재 중에 사회 부적응자가 많은 이유이기도 하다. 하지만 이들은 분명 보통의 아이들보다 위대한 학자, 예술가, 기업인으로 성장할 수 있는 잠재력을 보유하고 있다(IQ만으로 영재의 잠재력을 평가한다는 말은 아니다). 이들의 잠재력이 제대로 평가받지 못하고 사장되는 것은 국가적 차원에서 매우 큰 손해임이 틀림없다. 한 개인의 영재성이 개인적 차원의 발전과 행복은 물론 국가적 차원의 발전에 가치 있게 쓰이기 위해서는 이에 맞는 특별한 지도와 교육이 필요하다 할 것이다.

영재교육의 핵심은 먼저 '영재'를 바르게 이해하는 것에서부터 시작해야 한다. 필자는 영재아의 기본적 특성부터 시작해 우수한 인지적 특성과 독특한 정서적 상태가 어떠한 행동 패턴으로 이어지는지, 영재아는 주로 어떤 고민을 하고 어떠한 고통을 겪는지, 이에 따른 적절한 지도방법이 무엇인지에 대해 다루려고 노력하였다. 교육 현장에서 아이들을 지도하는 교사와 가정의 부모들이 아이의 영재성에 대해 제대로 이해하고 이들을 훌륭한 인재로 키워내길 바란다.

이 책은 아이들을 명문 대학에 진학시키기 위한 목적으로 쓴 영재교육서가 아니다.

이 책은 아이의 영재성을 발굴하고 그 고유한 개성이 사회에 탁월하게 발현될 수 있도록 하는 데 목적이 있다.

이제 우리 사회에는 공부만 잘하는 영재보다 행복하고 창조성 넘치는 영재가 필요하다.

즉, 이미 정해진 정답을 시험지에 그대로 서술해 내는 영재보다는 자신의 고유성과 창의성을 무기로 하여 세상에 없는 답을 만들어가는 창의적 영재가 필요한 것이다.

2022년 2월 15일

신성권 작가

영재의 권리장전

영재는,

자신의 영재성에 대해 알 권리가 있다.

매일 새로운 것을 배울 권리가 있다.

어떠한 변명 없이 잘하는 것에

열정을 가질 권리가 있다.

재능 이외의 정체성을 가질 권리가 있다.

자신이 성취한 것에 기뻐할 권리가 있다.

실수할 권리가 있다.

재능을 개발하기 위해 도움을 요청할 권리가 있다.

여러 또래 집단이나 다양한 친구들과

어울릴 권리가 있다.

어떤 재능을 더 개발할지 선택할 권리가 있다.

모든 것을 잘하지 않아도 될 권리가 있다.

– 미국영재협회 NAGC의 전회장 델 시걸(Del Siegle)

이 책은 아이들을
명문 대학에 진학시키기 위한
목적으로 쓴 영재교육서가 아니다.
이 책은 아이의 영재성을 발굴하고
그 고유한 개성이 사회에
탁월하게 발현될 수 있도록
하는 데 목적이 있다.

Contents
차례

Part_01
영재란 무엇인가?

Part_02
지능에 대하여

Part_03
학교에 간 영재들

Part_04
영재들이 겪는 정서적 어려움

Part_05
영재아의 특성을 고려한 양육 원칙

Part_06
숨겨진 영재성 : 2E 영재들

Part_07
창의적이어야 영재다

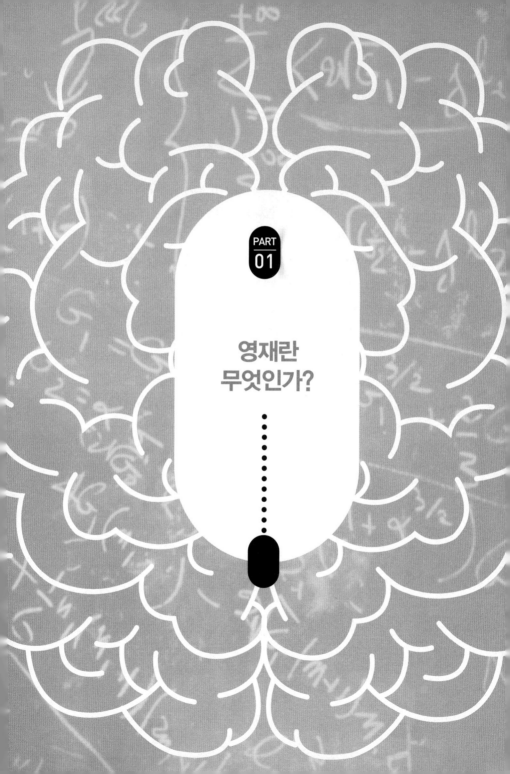

PART
01

영재란
무엇인가?

'**영재**' 란 무엇이고 어떠한 특성이 있는가? IQ가 높거나 학업성적이 우수한 아이들을 '영재' 라고 하는가? 영재는 태어나는 것인가, 만들어지는 것인가?

영재성이 무조건 어릴 때 나타나 계발이 완성되는 것은 아니다. 성인 이후에도 숨겨진 영재성이 나타날 수 있다. 성인기의 창조적 영재는 자신의 영재성을 꾸준히 연마하여 빛나는 재능으로 빚어낸 사람들이다.

어린 시절 영재로 진단 또는 선정되었다고 해서 반드시 창의적 성인 영재로 거듭난다는 보장은 없다. 반대로 어린 시절 영재성이 발견되지 않았다고 해서, 영재로 판별되지 않았다고 해서 창의적 성인 영재로 성장하지 못한다는 법도 없다. 아인슈타인도 어린 시절 가정교사로부터 세상에서 가장 멍청한 아이라는 악담을 들었고, 스티브 잡스는 장난기가 매우 심한 문제아에 불과하였다.

01

······

누가 영재인가?

영재 英才 Gifted person : 비범한 잠재력의 소유자

태어날 때부터 기상천외한 재능이나 능력을 보이는 신동, 학교에서 2등이 감히 넘볼 수 없을 정도로 탁월한 수재 학생, 학교를 벗어나 사회적으로 위대한 성취를 이룬 사람 등 우리가 머릿속으로 생각하고 가슴으로 그려지는 영재의 다양한 모습이 있다. 그리고 그 영재의 이미지를 관통하는 단어는 '탁월함' 일 것이다. 영재가 무엇이냐를 두고 명확한 정의를 내리긴 어렵지만, 우리가 직관적으로 떠올리는 영재의 모습은 대부분 비슷하다. 한국의 영재교육 진흥법 제2조에서는 영재란 "재능이 뛰어난 사람으로서 타고난 잠재력을 계발하기 위하여 특별한 교육이 필요한 사람을 말한다."라고 정의하고 있다.

영재에 대한 정의는 정의하는 주체마다 조금씩 차이가 있을 수 있지만, 결국 우수한 잠재력과 그 개발 가능성을 골자로 하고 있다.

영재를 영어로 'Gifted person'이라고 하는데, 여기서 'Gifted'는 '재능이 있는'이라는 뜻으로 '-ed'형 형용사가 사용된 것은 후천적 요소가 개입되기 전에 이미 선천적으로 뛰어난 소질을 보유했다는 것을 의미한다. 한자로 풀이해보아도 영재(英才)의 '英'은 꽃부리라는 뜻이 있어 역시, 꽃을 피울 수 있는 존재, 즉 우수한 잠재력을 전제하고 있다. 그렇다면 '선천적으로 타고난 소질'은 대체 어느 정도의 수준을 말하는 것일까? 아마도 사람들 대부분에게 있어 영재의 이미지는 IQ가 150 이상이거나, 한번 본 책의 내용을 그대로 암기하고, 15세 이전에 대학을 입학하는 등 인지적 능력 차원에서 보통 사람을 크게 압도하는 모습을 떠올릴 것이다. 영화, 드라마, 소설 등 각종 장르와 문화 매체에서 등장하는 영재들의 모습 역시 극도로 과장되게 그려지는 경향이 있는데, 이 점이 영재에 대한 대중의 인식을 극단적으로 만드는 데 이바지한 바가 없지 않다(이렇게 높게 설정된 기준 때문에 실제 영재임에도 영재로서의 적

절한 교육과 조치를 받지 못하는 학생들이 생기게 된다). 모든 영재가 세
상을 떠들썩하게 할 만한 재능을 갖춘 것은 아니다. 매체에서
비범한 모습으로만 다뤄지는 것과 달리 평범한 모습을 하는
영재들이 훨씬 많다. 심지어 학교에 부적응하는 미성취 영재
들의 경우 타고난 잠재력에 비해 학업성적이 범재들보다 낮은
예도 있다.

세계보건기구(WHO)는 전체 인구의 2% 정도가 영재라고 추정
하며, 어떤 학자들은 5%까지 보기도 한다. 2%~5%는 매우 희
소해 보이는 수치지만, 최소 50명 중 1명 이상은 영재에 해당
한다는 말이고, 이것은 우리가 생각했던 것보다 주변에서 어
렵지 않게 찾아볼 수 있음을 의미한다. 가족 중에 있을 수도 있
고 학교, 심지어 직장 내에도 영재가 있을 수 있다는 뜻이다(영
재가 꼭 어린이만을 지칭하는 것은 아니다).

또한, 수학이나 과학적 재능에 한정해서 영재를 판별하는 경
향이 있으나, 미술, 음악, 문학과 같은 예술 분야에서 두각을
드러내거나 인문학적인 이해력과 창의력이 보통 사람보다 월
등한 경우도 영재에 해당한다. 사교육에 의존한 선행 학습으

로 양적인 차원에서 많은 지식을 축적할 것을 요구하기보다는, 자신이 흥미를 느끼는 분야에 끊임없이 질문하고 호기심을 가지며 이해력, 통찰력 등이 탁월하여, 일반인들보다 심오하게 사고할 줄 아는 존재들이 영재에 해당한다.

영재교육 진흥법 제5조에서는 특별한 교육을 받아야 할 영재교육대상자에 대한 선정 기준을 다음과 같이 명시하고 있다.

"일반지능, 특수학문 적성, 창의적 사고능력, 예술적 재능, 신체적 재능, 그 밖의 특별한 재능의 여섯 가지 사항 중 어느 하나의 사항에서 뛰어나거나 잠재력이 우수하여 영재교육기관의 교육영역과 목적에 부합한다고 인정받는 사람"

이를 통해 영재라는 것이 꼭 학문적 우수성에만 한정되는 것이 아님을 알 수 있으며, "그 밖의 특별한 재능"이라는 항목을 제시함으로써 법에 구체적으로 명시되어 있지 않은 다양한 영재성이 무시되거나 배제되지 않도록 했음을 알 수 있다. 시대가 변하고 사회가 변화하면서(법에 구체적으로 명시되진 않았지만) 사회적으로 귀하고 가치 있게 여겨질 수 있는 새로운 개인적 특성을 보이는 학생들도 영재교육대상자로 선발될 수 있는 여지를 남긴 것이다.

한편, 영재는 '잠재력'의 개념이기 때문에 재능이 우수하여 장래가 기대되는 어린이를 지칭하는 경우가 많지만, 영재라는 개념이 꼭 아이들을 한정해서 지칭하는 것은 아니다. 어린 시절 자신의 적성을 발굴하지 못하고 비교적 평범하게 성장한 성인 영재들도 많이 존재한다.

영재는 만들어낼 수 있는가?

영재의 존재를 부정하는 사람들도 있다. 보통의 잠재력을 가지는 아이라도 노력 여부에 따라 얼마든지 탁월한 성과를 낼 수 있다는 점을 드는 것이다. 그래서 모든 아이는 영재가 될 수 있다고 주장한다. 물론, 타고난 잠재력의 크기가 작은 사람이라도 후천적 노력과 학습에 따라 얼마든지 훌륭한 성과를 낼 수 있다. 그러나 영재는 결과물보다는 타고난 잠재력에 초점을 둔 개념이다.

우리는 원 상태의 잠재력을 극대화할 수도 있고 그대로 내버려 둘 수도 있다. 예를 들어, 당신이 훌륭한 수학자가 될 지적 자질을 타고났어도 그 잠재력을 개발하지 않고 내버려 두면 끝내 그 자질은 세상 밖으로 발현되지 못할 것이다. 반대로, 자질을 개발하여 놀라운 성취를 이룬다면, 그것은 본래 자신이 타고난 잠재력의 최대치일 뿐이다. 영재성 그 자체는 사회 문화적 환경과 관련이 없이 애초에 타고나거나 그렇지 않거나 둘 중 하나다(물론, 환경적 요소가 개인의 영재성 계발과 미래의 성취에 중대한 영향을 미친다).

더 쉬운 이해를 위해 지적 장애아를 예로 들어보겠다.

그 반대인 지적 장애에도 같은 논리가 적용될 수 있다. 인간은 정신적으로 지적 장애를 타고날 수 있다. 이들은 지식과 정보를 학습하고 응용하는 데 있어 보통 사람들보다 많은 어려움을 겪는다. 지적 장애를 타고난 사람이 적절한 교육과 후천적 노력을 통해 장애를 극복하고 일반인 수준, 혹은 그 이상의 성취를 낼 수도 있지만, 지적 장애 역시 영재성처럼 타고나는 것이고 이들에겐 그에 맞는 적절한 교육이 필요하다고 하겠다. 물론, 일정한 장애와 영재성을 동시에 타고난 아이들도 존재한다. 예로, ADHD가 있는 영재나 난독증이 있는 영재 등이 있다. 이들을 2E영재라고 하는데, 한 개인의 영재성을 평가할 때는 그 사람이 가진 잠재력 중 가능 뛰어난 것이 무엇이냐에 비중을 둔다. 예를 들어 일부 능력이 보통 사람보다 뒤떨어지더라도 다른 잠재력(IQ만을 의미하진 않는다)이 보통의 사람을 압도할 경우 그 아이의 영재성은 부정되지 않는다. 2E영재에 대해서는 뒤에서 더 자세히 다룬다.

후천적으로 키워진 재능에도 영재라는 칭호를 붙이기도 하지만, 이 책이 타고난 부분에 집중하는 이유는 서문에 밝힌 대로 영재아 고유의 인지적 특성과 정서적 특성을 집중적으로 다룸으로써, 일반적 통념에서 벗어난 기질을 지닌 아이들이 사회 일반으로부터 제대로 이해받고 이들의 잠재력이 온전하게 계발될 수 있도록, 독자들의 지평을 넓히는 것에 목적이 있기 때문이다. 천재나 영재가 아닌, 보통 사람들의 입장에서 개인의 잠재력과 창조성을 향상시킬 수 있는 팁은 필자의 다른 저서 〈보통 사람들을 위한 창조성 수업〉에서 다루고 있으니 참고하기 바란다.

지적 조숙과 영재는 다르다

영재는 지적으로 조숙한 면모를 보이지만 지적으로 조숙하다고 해서 영재인 것은 아니다.

지적으로 조숙하다는 것은 지금의 나이 대비 더욱 다양한 지식을 학습했음을 의미한다. 예를 들어 초등학교 2학년인 아이에게 중학교 수준의 수학 과정을 선행 학습시킬 경우, 그 아이는 주변의 또래 아이보다 몇 년 앞선 지적 조숙아가 되는 것이다. 그러나 그 아이가 점차 나이를 먹어 성인이 된다면 어떻게 될까? 결국, 또래 중에 뛰어난 아이들이 등장하고 그들에게 따라 잡히는 경우가 생길 것이다. 결과적으로 해당 연령대의 학생들과 엇비슷한 수준이 되고 만다. 하지만 영재라는 것은 다른 아이들보다 양적으로 앞서는 것이 아니다. 영재의 본질은 지능 작동의 특이성, 다른 사고방식에 있다. 즉, 10살짜리가 15살짜리 수준의 사고를 해내는 것이 아니라, 어느 15살짜리도 생각해낼 수 없는 방식의 사고를 하는 것이다. 문제는 많은 학부모와 교사들이 지적 조숙을 영재의 중요한 특징으로 본다거나 심지어 같은 것으로 여긴다는 사실이다. 어른들은 언제나 가시적으로 나타나는 결과물을 좋아한다. 아이가 다양한 지식을 보유하고 있거나 높은 학업성적을 보이면 그것을 곧 영재성과 동일시하는 것이다. 그것들은 영재에 대해 전혀 알고 있지 못함에도 스스로 잘 알고 있다고 착각하게 만든다.

영재가 아닌 보통 아이들도 사교육이나 단기적 주입 교육을 통해 지적 조숙아로 만들 수 있다. 지적 조숙아와 영재는 보통의 또래들보다 다양한 지식을 축적했다는 공통점을 보이지만, 성장할수록 그 차이가 확연하게 드러난다. 지적 조숙아의 경우 단지 양적인 차원에서 다른 아이들을 앞서가고 있는 것에 불과하므로 언제든 따라 잡힐 수 있고 성인이 되어갈수록 '지적 조숙'이라는 표현 자체가 무의미해진다.

같은 논리로, 영재와 지적 조숙아의 개념처럼 지적 장애아와 학업부진아를 동일시하는 것도 바르지 않다. 학업부진아는 단순히 같은 학년의 또래보다 학업 성취도, 지식수준이 부진한 아이를 말하지만, 지적 장애아는 몇 년이 지나도 다른 아이들과 같은 수준에 이르지 못할 것이다. 그러므로 지적 장애아는 그들의 수준에 맞는 특수한 교육이 필요한 것이고, 이 논리는 영재에게도 똑같이 적용될 수 있다. 영재든 지적 장애아든 보통의 아이들을 대상으로 하는 정규교육과정 속에 집어넣고 좋은 결과를 기대하기란 어려울 것이다.

영재성은 늦게 꽃 피울 수도 있다

영재성이 무조건 어릴 때 나타나 계발이 완성되는 것은 아니다. 성인 이후에도 숨겨진 영재성이 나타날 수 있다. 성인기의 창조적 영재는 자신의 영재성을 꾸준히 연마하여 빛나는 재능으로 빚어낸 사람들이다.

어린 시절 영재로 진단 또는 선정되었다고 해서 반드시 창의적 성인 영재로 거듭난다는 보장은 없다. 반대로 어린 시절 영재성이 발견되지 않았다고 해서, 영재로 판별되지 않았다고 해서 창의적 성인 영재로 성장하지 못한다는 법도 없다. 아인슈타인도 어린 시절 가정교사로부터 세상에서 가장 멍청한 아이라는 악담을 들었고, 스티브 잡스는 장난기가 매우 심한 문제아에 불과하였다.

어린 시절 자신의 관심 분야를 찾지 못하고 정신적 에너지를 비생산적인 곳에 허비하다가 이후 자신만의 영재성(적성)을 발견하고, 한 분야에서 극도의 집중력을 발휘해 뒤늦게 가시적 성과물을 창조해낸 영재들은 주변에서도 얼마든지 찾아볼 수 있다. 이들은 지금이야 탁월한 사람으로 인정받고 있지만 대부분 어린 시절 영재로 인정받지 못했다. 전통을 거부하고 개성을 추구하며, 도전의식이 충만한 창의적 학생들은 대부분 반항아 또는 문제아로 취급되었다. 영재는 탁월한 잠재력의 소유자지만, 누구나 그 잠재력을 알아볼 수 있지는 않다. 또한, 분야마다 영재성이 발견되고 완성되는 시기가 크게 다를 수 있다. 어떤 재능은 생애 초기에 나타나는 것에 비해, 어떤 재능은 훨씬 나중에 나타나기도 한다.

......

수재, 영재 그리고 천재

수재, 영재, 천재 모두 일상에서 구분 없이 사용하는 경향이 있지만, 엄밀히 차이가 있다. 여기서 그 차이를 확인하는 것이 무슨 의미가 있냐고 의문을 품는 독자들도 있을 것이지만, 분명 의미가 있다. 특정한 개념(영재)이 무엇인지 그 정의를 뚜렷하게 규명해내는 작업은 이와 유사한 개념들과의 비교를 통해 그 목적을 효과적으로 달성할 수 있기 때문이다.

수재(秀才)란 타고난 재능에 상관없이 노력과 단련을 통해 우수한 기량에 도달한 사람을 말한다. 옛날 과거시험의 과목을 수재라 부르기도 했으며, 조선 시대에는 뛰어난 학문적 기량을 보이는 성균관 유생을 수재라 칭했다. 이 때문인지 오늘날, 가볍게는 학교에서 학업성적이 우수한 모범생들, 엄밀하게는 각 분야의 전문가들을 수재라고 부르는 경향이 있다. 천재(天才)란 독창적 결과물을 창조하여 세계의 사유관과 물리관을 변화시키고 인류의 발전에 기념비적인 사건을 일으킨 인물들을 가리키는 말이다. 여기서 말하는 독창적 결과물이 보통의 지식인들보다 더 탁월한 관점을 제시함으로써 조직이나 지역, 국가적 차원에 영향을 주는 정도를 말하는 것인지, 국가적 차원을 넘어 세계적 차원에 영향을 줄 수 있는 정도를 말하는 것인지는 천재를 정의하는 사람에 따라 이견이 있을 수 있다.

여기서 영재는 타고난 잠재력을 전제한다는 점에서 수재와 차이가 있고, 뚜렷한 결과물을 전제하지 않는다는 점에서 수재 및 천재와 차이가 있다. 그리고 수재는 그 탁월함이 이미 확립된 기존의 가치 체계와 경쟁구도 내에 한정되어 있다는 점에서 규칙의 파괴자이자 창조자인 천재와 차이가 있다.

다시 말해, 영재란 당장 뚜렷한 성취보다는 타고난 잠재력에 초점을 둔 개념이다. 영재란 지능(IQ), 과제 집착력, 창의성 면에서 천재의 특성을 보유한 존재로, 아직 뚜렷한 창조적 업적을 낳은 것은 아니지만 장차 천재로 성장할 잠재력이 큰 아이나 성인을 지칭한다(물론 영재의 성과물이 그저 뛰어난 수재 수준에 머물 수 있다. 수재, 영재, 천재는 일부 교집합을 형성할 수 있다). 영재가 반드시 천재로 성장하는 것은 아니지만 천재들의 어린 시절은 대부분 영재였다. 영재의 범주는 천재보다 넓어서 탁월한 재능을 타고났지만, 그것을 발견하지 못했거나, 제대로 발휘하지 못하는 아이나 성인까지 포함하기도 한다. 이를 미성취 영재라고 한다. 영재가 '잠재력'에 초점을 둔 개념이라면 천재는 '결과물'에 더욱 초점을 둔 개념이다.

영재는 천재로 성장하지 못할 수 있다

아이들은 이 세상을 자유롭게 해석하고 사고할 수 있는 인지적 특성을 보이는데, 이것은 창의성과 밀접한 관련이 있다. 하지만 획일적 정답을 강요하는 교육과 사회적 환경은 아이들이 규정된 틀에 들어맞도록 강요하며, 이 과정에서 아이들의 사고는 수용적으로 변해간다. 시험지에 등장하는 문제에 정답을 찾아내는 능력은 탁월하지만 자기 주체적으로 사고하는 능력은 줄어드는 똑똑한 범재가 되어간다. 이러한 교육에 익숙해지게 되면 성적이 우수한 수재 학생들은 당장 넘쳐날 수 있지만, 이들이 성장하면 대부분 어디론가 사라지고 그 자취를 감춘다. 어린 시절 나름 영재라 칭해졌던 부류들도 자신들의 비범한 재능을 사회에서 요구하는 평범한 방식으로만 사용하는 데 익숙해져서 창조성을 상실하고 만다. 이들은 장차 불합리한 사회적 제도와 법을 개혁하려는 법조인이 되지 않는다.

시대에 뒤떨어지는 법에 편승하여 고객들을 변호하게 된다. 또한, 시대를 초월하는 불후의 저서를 남기려고 하지 않는다. 시대의 유행에 편승해서 당장 판매에 유리한 작품만 쓰려고 한다. 교과서의 내용을 비범한 속도로 학습하고 높은 학업 성취도를 보일지언정 기존에 없던 독창적인 개념을 생각해내지 못할 수 있다. 유명 작곡가들의 곡을 빼어나게 연주할 수 있지만, 자신만의 독창적인 곡을 연주하지 못할 수 있다.

영재성은 분명 어느 분야에서 두각을 드러내는 데 도움이 되지만 천재가 되는 충분조건은 아니다. 영재에 대한 학교와 사회의 몰이해가 영재들의 창조적 기질을 억누르고 사회의 질서에 순응하는 모범적인 인물로 성장하게 하거나 부적응자로 만들기도 한다. 교사들은 자신의 권위에 순응하는 아이들을 모범으로 삼고 가르치며, 독특한 기질을 지닌 아이들을 차별하고 말썽꾸러기, 문제아라는 딱지를 붙여놓을 가능성이 크다. 심지어 영재성 자체가 창조성의 발현을 막는 때도 있다. 영재들은 비범한 지능으로 어린 나이에서부터 실존적 고민을 한다. 이들의 비범한 통찰력과 상상력은 외부의 세계뿐만 아니라 자기 자신의 내면에 대해서도 필요 이상으로 분석하게 만든다. 그만큼 정서적으로 어린 나이에 자신의 한계와 유한성을 너무나 예리하게 지각하고 감당해야 한다. 내면에 품은 높은 이상과 대비되는 자신의 초라한 처지는 실존에 대한 고민으로 이어지기도 한다.

자신의 이상에 강박적으로 집착하는 완벽주의 성향 영재의 경우, 크게 두 가지 양상을 보인다. 하나는 과잉 활동성으로 나아가 이상과 현실의 괴리를 극복하는 것이고, 다른 하나는 새로운 영역으로 나아가지 않고 기존의 영역에 머물러 있음으로써 자신이 완벽하지 못할 수 있다는 불안으로부터 스스로 보호하는 것이다. 자신이 무엇인가를 시도하지 않아서 기존의 영역에 머물러 있는 것일 뿐 언젠가는 특별한 결과를 낼 수 있다는 막연한 환상으로 자신을 치유하는 것이다. 결국, 자신의 재능에 부합하지 못하는 미성취 영재로 남게 된다.

차고 넘치는 재능이란 그것의 소유자들이 온갖 곤경에 처하게 만드는 최상의 능력이라고 묘사할 수 있을 것이다. 자신에게서 위대한 재능을 발견하는 것은 큰 기쁨을 가져다주는 것이지만 동시에, 위험성과 사상적 고독에 대한 두려움을 일으킨다. 위대한 창조가 가능하게 하려면, 반드시 극복되어야 할 것들이다. 이런 것들을 논하지 않고서는 천재 현상을 설명할 수는 없다.

영재를 평가하는 3요소 : 렌쥴리 모형

미국에서 영재교육의 대가로 통하는 렌쥴리 (Joseph S. Renzulli)는 영재에 대해 특정 지식을 습득하는 능력, 창의성, 과제 집착력을 고루 갖춘 아이라고 하였는데, 이러한 렌쥴리 교수의 영재에 대한 정의가 통설로 받아들여지고 있다.

렌쥴리 모형에 따르면 영재란 자신의 잠재력을 언젠가 크게 발현하여 작게는 지역사회 크게는 모든 인류에게 공헌할 가능성이 큰 아이를 말한다.

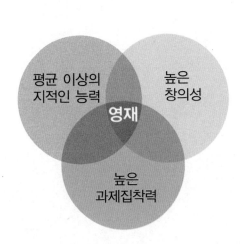

렌줄리는 역사상 큰 업적을 남긴 위인들은 '(극단적으로 높을 필요가 없는)보통 이상의 지적능력, '높은 창의성', '높은 과제 집착력'을 갖추고 있었다고 주장한다. 여기서 보통 이상의 지적 능력이란 평균 이상의 IQ를 말한다고 봐도 무방하다. 이 정의는 '과제 집착력'과 같은 비지적 요인을 영재 판별의 한 요소로 인정했다는 점에서 큰 의의가 있다. 물론, 세 가지 요소 모두 대단히 우수해야만 영재인 것은 아니다. 적어도 한 요소가 2% 이내에 속하고, 나머지 요소가 상위 15%에 속하면 영재에 해당할 여지가 충분하다는 것이다. 예를 들어, 어떤 아이의 IQ가 120으로 영재의 기준치인 130에 다소 미달한다 해도 창의성이 우수하고 높은 과제 집착력을 보인다면 이 아이는 충분히 영재 교육의 대상이 될 수 있다. 세 고리 정의는 영재의 선별과 교육에 관한 한 세계적으로 가장 많이 인용되고 있는 개념으로, 심화학습 프로그램을 제공하는 대부분의 미국 교육기관은 이 정의에 따라 영재를 판별하고 교육하고 있다.

보통 이상의 지적 능력 Above Average Ability

보통, IQ가 높을수록 높은 성과를 낼 수 있다고 믿는 경향이 있지만, 렌줄리는 IQ가 보통 이상이면 영재교육의 대상으로서

무리가 없다고 보았다.

실제로 에디슨은 지능 지수가 대단히 높은 것은 아니었지만 위대한 발명가로 이름을 남겼다. 아직도 영재 판별 과정에서 편의상 또는 경제적인 이유로 지능검사만을 사용하고 있는 경우가 적지 않으며, 영재 판별의 타당성 여부를 논의할 때마다 지적되는 사안이다.

창의성 Creativity

창의성은 영재성의 주요 요소이기는 하지만, 개념이 아직 확고하게 정립되어 있진 않다. 현재까지 통설로 받아들여지는 창의성의 정의는 '새롭고 유용한 것을 생각해내거나 만들어내는 특성'이다. 현재 통용되고 있는 창의성의 개념에 따르면, 개인의 아이디어나 산출물의 독창성, 유창성, 융통성, 정교성을 기준으로 창의성의 정도를 평가한다.

과제 집착력 Task Commitment

과제 집착력은 어떤 한 가지 과제 또는 영역에 자신의 에너지를 집중시키는 성격 특성을 일컫는다. 과제 집착력이라는 평가요소는 단지 높은 IQ만 자랑하면서 자신을 영재라고 자칭하는 사람들을 영재의 범주에서 탈락시켜 줄 것이다. 렌쥴리 뿐만 아니라 성공에 있어 IQ의 비중을 높이 평가했던 터먼(Lewis Terman)조차 영재성을 논할 때 과제에 대한 지속성 있는 열정을 중요한 요인으로 보았다. 가장 성공한 영재와 실패한 영재 각 150명을 분석한 터먼의 연구에 따르면 영재들의 성공을 좌우한 것은 그들의 지적 능력보다도 목표 달성을 위한 지속력에 있었다고 한다.

이 모형에서 고지능자(IQ가 높은 사람)는 그 자체로 영재라기보다는 영재의 후보에 불과하다. IQ가 높아도 창의성이나 과제 집착력이 부족하다면 온전한 의미의 영재는 아니다. 하지만 고지능자와 영재는 높은 지능을 공유한다는 점에서 서로 유사한 인지적, 정서적 특성을 보이는 경우가 많으며, 지능 검사를 통해 나타나는 우수한 특성은 분명히 그 자체로 의미가 있다고 보는 학자들도 있다. 하지만 모형의 중요한 의의는 지능이 별로 우수하지 않더라도 창의성과 몰입도가 우수한 아이들을 영재의 범주에 넣을 수 있다고 보고 이들의 잠재력이 최대한 발휘될 수 있도록 하는 것에 있을 것이다.

렌쥴리의 영재성 3고리 모형은 이후의 영재성 연구와 개발, 교육현장에서의 교수법, 교육프로그램 형성 등에 지대한 영향을 미쳤다. 나아가 창의성과 과제집착력 등 비인지적이지만 행동적 성과와 관련이 있는 요소를 영재성의 핵심축으로 받아들인 것은 렌쥴리의 탁월한 통찰이라고 생각한다.

물론 렌쥴리 모형이 그 자체로 완벽한 것은 아니다. 렌쥴리 모형을 너무 그대로 고수할 경우, 지능이 우수하거나 창의력이 남다른 아이도 어떠한 이유로 그 잠재력을 발휘하지 못하면 영재로 분류될 수 없는 문제가 생기기 때문이다. 지능이 우수하지만, 몰입을 경험할 분야를 찾지 못한 아이도 영재로 보고 자신이 지닌 잠재력을 온전히 발휘할 수 있도록 돕는 것이 개인적으로나 사회적으로도 더 바람직한 결과를 낳을 것이다. 신체적 장애가 있거나 ADHD, 아스퍼거 증후군이 있는 영재도 마찬가지다. 이들은 잠재력을 발휘하는 데 걸림돌이 되는 방해요인을 가지고 있기에 표준화된 시험에서 좋은 성적을 거두지 못할 수 있지만, 이들에겐 특별한 동기부여와 전문적 도움이 필요하다.

렌쥴리(J. S. Renzulli)가 제시한 영재의 특성

기억력이 우수하며 학습 속도가 빠르다.

인과관계를 빨리 파악하는 능력이 있다.

관찰력이 뛰어나고 독서를 많이 한다.

또래보다 구사하는 어휘의 수준이 높으며 표현 능력이 유창하다.

다양한 주제에 대해 풍부한 지식과 정보를 가지고 있다.

다양한 분야에 관심을 가지면서도 특정 분야에 대해 집중적인 관심을 보인다.

영재아의 기본 특징

　　　발견 즉시, 영재 마크를 찍어줄 만한, 절대적인
영재 고유의 징후가 존재하는 것은 아니지만, 거의 모든 영재
에서 공통으로 발견될 수 있는 몇몇 인지적, 심리적 특징들이
있다.

영재들은 다음과 같은 점에서 범재들과 차이를 보인다.

과흥분성

과도한 감성은 거의 모든 영재에게서 공통으로 발견된다. 영
재는 자극에 극도로 민감하게 반응하여 특정 대상이나 상황에
서 과한 흥분 또는 과잉 행동을 보이는 경우가 많다. 한 가지에
강렬하게 각인되어 극단적인 상상으로 나아가기 쉽다.

하지만 21세기는 과흥분성을 지닌 이들에겐 도전의 장이 될

수 있다. 21세기는 창의성의 시대이니 말이다. 21세기 가장 중요한 역량은 암기력이나 암산력이 아니다. 호기심과 열정이다. 상상적 과흥분성이 높아 가상 세계를 창조하고 진리를 극단적으로 추구하는 것을 즐기는 아이들은 장차 문학, 예술 분야로 진출하여 두각을 드러낼 가능성이 크다. 과흥분성을 지니고 태어났다는 것은 세상을 누구보다도 더 깊이 있고, 폭넓고, 강렬하게 즐길 수 있는 능력을 타고난 것과 같다.

극단적 몰입

영재들은 자신이 흥미를 느끼는 작업에만 몰입하므로 상대적으로 사소한 작업을 소홀히 여기는 경향이 있다. 심지어 일상생활 속에서도 이들의 머릿속은 당면한 과제에 대한 생각으로만 가득 차 있다. 창의적인 아이디어를 떠올리고 발전시키는 데는 고도의 집중력과 충분한 시간이 필요하기에, 지각이 굉장히 일면적인 상태로 유지되며 종종 다른 중요한 생활양식들을 무시하거나 심할 경우 주의력 결핍 또는 건망증적 행동으로 나아갈 수 있다. 이 점에서 때와 장소를 어느 정도 분별하는 것도 필요하다. 자신이 원하지 않는 것이라도 타인과 원활한 사회생활을 위해 꼭 지켜야 하는 의무들이 존재하기 마련이다. 만약 아이가 지나치게 한 곳에만 몰두하여, 가정이나 학교에서 지켜야 할 기본적인 것들에 대해 무감각한 상태가 지속된다면, 삶의 균형이 훼손되고 자기중심적인 사람으로 성장할 가능성이 커지게 된다. 아이가 원하는 것에 몰입하여 창의성과 지구력을 기를 수 있도록 충분한 시간을 보장해 주되 일상 속의 기본적인 규칙들에 대해서는 아이들을 이해시키고 따를 수 있도록 지도해야 한다.

보통의 아이들도 나름대로 호기심을 가지고 특정 대상에 몰두하는 모습을 보일 수 있지만, 영재들은 유달리 극단적이다.

권위에 냉소적인 태도

이들은 호기심이 많고 분석적이기에 부모와 선생님들에게서 발견되는 모순적 행동을 훤히 꿰뚫어 보고 이에 대해 따지고 들 수 있다. 진실에 대한 과도한 열망은 이들을 불쾌한 골칫덩어리로 여겨지게 만들 수 있다. 영재들은 어려서부터 사회의 환상과 반 진리, 거짓을 꿰뚫어 볼 수 있다는 점에서 불문율과 권위에 의문을 제기하는 성향을 지녔다고 볼 수 있다.

다른 사람들에게 속거나 통제당하는 것을 참지 못한다. 특히 그 권위가 부패하거나 비논리적이거나 구식일 때는 복종하는 것이 어렵게 된다. 합리적이지만 동시에 강인한 비합리주의자로서 자신의 진실을 찾고 자신의 길을 개척하는 것을 선호한다.

우수한 언어능력

보통의 아이들은 말을 자연스럽게 하게 되기까지 옹알이 단계를 거치지만 영재 아동들은 언어 구사 능력이 점진적으로 발달하지 않는다. 어느 순간, 돌연 말하는 능력이 생겨나는 듯한 인상을 준다. 또한, 또래보다 정확하고 풍부한 어휘를 구사하여 어른을 놀라게 할 때가 있다. 영재 아동은 대부분 언어능력의 조숙함을 보인다. 하지만 앞서 말했듯이 모든 영재에게 그대로 적용될 수 있는 절대적 특징이 있는 것은 아니다. 일부 영재 아동은 언어적 조숙함을 보이지 않을 뿐만 아니라 심지어 언어발달 지체를 보이기도 한다(피카소와 아인슈타인도 어린 시절 언어발달이 느렸다). 즉, 언어적 조숙함은 아이가 영재일 수 있다는 하나의 징후로 해석할 수 있지만, 언어적 발달이 느리다고 해서 그 가능성을 함부로 배제해서는 안 된다. 또한, 말을 무조건 많이 한다고 해서 영재 아동인 것도 아니다.

실존적 고민

이들의 비범한 통찰력과 상상력은 외부의 세계뿐만 아니라 자기 자신의 내면에 대해서도 필요 이상으로 분석하게 만든다. 그만큼 자신의 한계와 유한성을 예리하게 지각하는 것이다. 내면에 품은 높은 이상과 대비되는 자신의 초라한 처지는 실존에 대한 고민으로 이어진다. 일시적인 것에 불과한 인간의 삶이 과연 어떠한 가치를 갖는가와 같은 고민을 하는 것이다. 실존적 고민이 긍정적인 방향으로 나아갈 때 치열한 내적 탐구의 과정에서 자신의 소명을 깨닫게 될 공산이 크지만, 부정적인 방향으로 나아갈 때 인간의 삶에 대한 전반적 회의와 자신의 가치에 대한 실망으로 이어질 수 있다.

예민한 감각

감각 장치(시각, 미각, 청각, 후각)가 외부 세계의 자극을 예리하게 지각해낸다. 주변 환경을 섬세하게 지각해내는 것은 성취와 성공의 무기가 될 수 있지만 이로 인해 아이의 감정 또한 격앙되기가 쉽다. 보통의 아이들이 지각하지 못하는 미미한 변화. 아주 작은 소리에도 아주 민감하게 반응하고 쉽게 감정이 촉발된다. 따라서 이러한 영재 아동은 보통의 사람들 사이에서 정서적으로 불안정하거나 심지어 공격적 성향을 지닌 것으로 오인을 받기 쉽다. 이렇듯 강렬한 정서적 특징은 자신도 감당하기 힘들고, 주위 사람들도 감당하기 힘든 과격한 성격을 형성한다. 아무리 사소한 지적도 영재 아동에게는 큰 충격일 수 있으니 주의하자. 주변 환경에서 쏟아져 나오는 정보를 매우 강렬하게 지각하는 영재들은 그러한 자극으로부터 자신을 방어하고, 안정된 사회생활을 위해 의도적으로 단절을 시도하기도 한다.

상상력이 풍부함

영재들은 마음속에 자신만의 세상을 만든다. 지루함을 벗어나기 위해 공상에 빠지는 경우가 많으며, 주변의 사물들에 특별한 이름이나 가치를 부여하며 이야기를 나누기도 한다. 이는 높은 창의성으로 발현될 수 있다. 하지만 너무 자기 세계에 빠지면 현실의 실용적인 문제들에 대해 소홀해질 수 있다.

왕성한 호기심과 추론능력

주변 사물과 대상을 세심하게 관찰하고 탐구하는 모습을 보이며, 눈에 보이고 손으로 만질 수 있는 단순 사물뿐만 아니라 우주의 탄생 배경과 죽음 이후의 세상 등 제법 추상적이고 난해한 주제에 관해서도 관심을 보일 수 있다. 일반적 지식과 상식이 풍부할 뿐만 아니라 기억력과 추상적 사고능력도 우수함을 말해주는 것이다. 평범한 아이라면 나침반을 손에 쥐여 주었을 때 지루하다고 저 멀리 던져놓고는 새로운 장난감을 물색할 것이다. 하지만 지적 호기심이 비범한 아이들은 누가 건드리지 않았는데도 나침반의 침이 특정 방향만 가리키는 것을 지각해낼 수 있고 그 원리에 대해 고민하는 모습을 보일 것이다. 이들의 왕성한 호기심은 점차 특정 대상에 대한 몰입으로 나타나기 시작한다.

완벽주의 성향

자신의 이상에 강박적으로 집착하는 완벽주의 성향의 영재들이 나아가는 방향은 크게 두 가지다. 하나는 과잉 활동성으로 나아가 이상과 현실의 괴리를 극복하는 것이고, 다른 하나는 새로운 영역으로 나아가지 않고 기존의 영역에 머물러 있음으로써 자신이 완벽하지 못할 수 있다는 불안으로부터 스스로 보호하는 것이다.

발달의 비동시성

신체, 인지, 정서, 사회적 성장이 고르지 못하여 또래들과의 관계에서 부조화가 나타날 수 있다. 발달의 편차가 크다는 것은 그 자체로 엄청난 잠재력을 의미하기도 하지만, 그만큼 불안정한 상태임을 알아야 한다.

프랑스에서는 영재를 얼룩말이라 부른다

프랑스에서는 영재를 얼룩말이라고 부른다. 얼룩말에 존재하는 무늬가 어떠한 기능을 하는지에 대해 학자들 사이에서 의견이 분분하지만 명확한 답은 없다. 오히려 얼룩무늬 때문에 포식자 눈에 더 잘 띄는 문제가 있다. 또한, 얼룩말은 다른 보통의 말들과 달리 인간에게 길들지 않는다.

이 점에서 영재들은 사회에서 얼룩말 같은 존재다. 얼룩무늬 때문에 보통 사람들 사이에서 튀는 존재가 되지만, 오히려 주변과 조화를 이루는 데 방해가 되기도 하며 꼭 좋은 의미에서의 시선을 받는 것 같지는 않다. 또한, 길들지 않는 얼룩말처럼 영재들도 어떠한 문화나 권위에 쉽게 동화되지 않는 모습을 보인다. 뭔가 남다른 독특한 것을 지니고 태어났으나 그것이 바로 성공으로 이어지지는 않으며, 주변 환경과 부조화를 초래한다. 그래서 프랑스에서는 영재를 얼룩말이라고 부른다. 남다른 방식으로 삶을 보고 경험하는 이들은 스스로가 이 세상과 어울리지 않는 존재인 것처럼 느껴질 수 있다.

05

영재들은 우뇌형이 많다

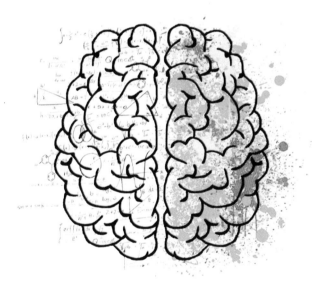

일반인은 정보의 주입, 통합, 의미 산출 순으로 사고가 한 단계씩 구축되며 최종적으로 아웃풋이 나온다. 선형적 사고를 통해 점진적으로 귀결에 이르는 것이다. 하지만 우뇌가 발달한 영재들은 비정형적 사고를 하며 확산적 사고가 발달해있다. 세상을 넓은 시야에서 직관적으로 이해하고 새로운 무엇인가를 창조하는 데 탁월한 능력을 발휘하는 것이다. 그 대신 주어진 상황을 효율적으로 인지하는 데 어려움을 보이기도 한다. 학교의 시험이나 일반적 사회생활에서는 지식을 효율적으로 구성하고 끌어내는 선형적 사고를 하는 편이 더 유리하기 때문이다. 영재들의 비정형적 사고는 몽상에 빠져 있거나 주의력이 결핍된 아이로 보이게 만들기도 한다.

창조적 천재나 영재들은 규칙과 체계성, 언어적 논리성을 담당하는 좌뇌보다는 시각적 사고, 직관적 사고를 담당하는 우뇌가 발달해 있다는 이야기는 이미 널리 퍼져 있다. 실제로 창조적인 인물들은 이성보다도 격동과 충동에 따른 열정에 지배되는 경우가 많다. 하지만 이들의 두뇌가 우뇌형이라는 이야기는 반드시 좌뇌의 능력 부족, 다시 말해 논리적 사고의 결여를 말하는 것이 아니라 우뇌의 직관적 사고가 우수한 그것을 더욱 초월함을 의미한다. 우뇌의 작동이 좌뇌의 인식 능력을 압도해버리므로, 이들의 행동은 그 자체로 체계적, 합리적이라기보다는 직관적이고, 충동적이고, 비이성적인 모습으로 나타나면서도 역설적으로 현실과 매우 밀접해 있고 창조적일 수 있는 것이다.

좌뇌형과 우뇌형의 비교

좌뇌형	우뇌형
단어와 언어를 이용한 사고	단어보다는 이미지를 이용한 사고
말로 하는 설명에 유리함	시각적인 설명에 유리
차례대로 정보를 처리함	정보에 총체적으로 접근하며, 세부 사항보다는 전체적 관점에서 해석하는 것을 선호
세부 사항을 배우는 것을 선호하며, 구체적인 지시를 선호	상상력이 우수하며 추상적으로 사고하는 과제에 유리함
한 번에 한 가지 과제를 순서에 따라 정해진 절차대로 처리함	한 번에 여러 과제를 다루는 것 선호
구조를 좋아하며, 정리정돈이 잘 됨	개방적이고 유동적인 상황 선호, 스스로 구조를 만드는 것을 선호함
논리적, 분석적 사고 발달	직관적 사고 발달
기존의 문제를 다루고 해결하는 것 선호	새롭거나 스스로 만든 문제를 해결하는 것 선호
정답이 정해진 구체적인 과제 선호	계산보다 추론을 더 잘함
모든 상황을 진지한 태도로 접근	

물론, 우리는 어떠한 과제를 수행할 때나 좌뇌와 우뇌를 모두

활용한다. 하지만 사람마다 상대적인 성향 차이는 분명히 존재하며, 자녀의 두뇌 유형을 정확히 파악하는 것은 부모와 자녀 사이에 불필요한 오해와 갈등 줄이고 아이를 효율적으로 지도하기 위해 필요한 과정이다.

좌뇌 우세형은 일정한 구조와 규칙에 따라 순차적이고 분석적으로 사고하며 요구되는 세부적인 사항들을 잘 정리해 나갈 수 있다. 좌뇌가 발달한 이들은 수학이나 과학 등 체계적 학문에 강점을 보이는 경향이 있으며, 학습 계획을 스스로 마련하고 하나하나씩 목표를 달성해 나갈 수 있는 능력이 탁월하다. 두뇌 유형을 제외한 다른 조건들이 똑같다고 전제할 때 현 교육 체계에서는 좌뇌 우세형 아이가 유리하다고 할 수 있다. 학교에서 진행되는 수업 방식은 주로 그림이나 도표를 통한 시각자료보다는 청각적 의사소통에 의존하는 방식이기 때문이다. 좌뇌 우세형 아이는 체계적인 사고가 발달해 있고 단어와 언어를 활용한 학습에 유리하기 때문에 학교에서 선생님이 말씀하시는 수업 내용이나 구체적인 지시 사항 등을 잘 듣고 이해할 수 있다. 또한, 교육 과정 자체가 유동적 사고능력을 요구하는 과목보다는 수학이나 국어 등 체계적이고 논리적인 분

영재, 똑똑한 아이가 위험하다

석 능력을 요구하는 과목들이 주류를 이루기 때문에 좌뇌가 우세한 영재들이 학교생활의 모범성과 학업 성취 면에서 유리하다 볼 수 있다. 하지만 융통성이 부족하여, 변수에 능동적으로 대처하는 능력이 부족하다는 단점이 있다.

반면, 우뇌가 발달한 아이들은 매우 개방적으로 사고하며 직관적이다(영재 중에는 우뇌형이 많다). 우뇌는 비합리적, 비상식적, 확산적 사고와 관련이 있다. 틀 밖에서 생각하고 논리적 사고의 궤도를 벗어나 교사의 질문에 엉뚱한 대답을 하곤 한다. 매우 독창적인 결과물을 만들어낼 수 있으나 현실 사회에 적응하는 데 어려움을 보인다. 학교의 교육은 풍부한 창의성, 상상력으로 아이를 평가하지 않으며, 특정적이고 증명 가능한 학습 결과물을 요구하기 때문이다. 스스로 답을 구해낼 수 있어도 답에 도달한 과정을 증명할 수 없으면 학교에서 인정받기 어렵다. 직관적 사고가 발달한 우뇌형 영재 아동은 이러한 제도에 부적합하다. 우뇌가 발달한 영재들은 체계적인 풀이과정이 요구되는 수학 문제도 직관적으로 풀어내는 경향이 있기에, 답은 맞추었어도 풀이과정에 대해 잘 설명해내지 못하는 경우가 많다. 답을 구하는 추론 절차를 한 단계씩 순서대로 밟아 나가는 체계적 풀이과정을 중시하는 학교의 평가 제도하에서 인정을 받기가 어렵게 된다.

하지만 이 유형의 아이들을 그저 불성실한 학생으로만 간주해서는 안 된다. 경험과 지식을 한곳에 모아 각 대상 간에 존재하는 대표적인 원리를 귀납적으로 창조해내는 능력이 탁월할 뿐이다. 이들은 형식에 얽매이지 않은 방식으로 과제를 해결하는 것을 좋아하며, 사물을 새로운 방식으로 연결하고 의미를 창조함으로써 기존의 구조가 가진 한계를 넓히려는 경향을 보인다. 확산적 사고를 지닌 이들은 좌뇌형 아이들보다 창의적 잠재력이 높다고 볼 수 있다.

좌뇌와 우뇌의 고른 발달이 중요하다

아이가 단순히 지식을 습득하는 단계를 넘어서고 장차 높은 수준의 창조성을 발현하기 위해서는 좌뇌와 우뇌의 고른 발달이 필수적이다. 어느 한쪽만 발달해서는 절름발이처럼 목표를 향해 제대로 걸어나갈 수 없을 것이다. 이론 물리학자로서 지식과 논리만 중시할 것 같은 아인슈타인 역시 직관과 상상력의 중요성을 강조하였다. 그는 자신의 수학적 능력과 분석적 능력을 자신의 뛰어난 상상력과 공상력에 결합하였고 그 결과 기존 물리학계를 뒤집어 놓을 혁신적인 논문들을 발표할 수 있었다. 마찬가지로 레오나르도 다빈치 역시 훌륭한 사고능력을 발전시키려면 과학의 예술과 예술의 과학을 연구해야 한다고 말했다. 사람들은 대개 천재성을 논리적이고 이성적 측면에서만 평가하려는 경향이 있지만 진정한 천재는 논리력뿐만 아니라 논리적 사유 과정을 뛰어넘어 대상을 직접 파악하는 직관력도 함께 갖추고 있다. 기존의 것을 그대로 수용하고 분석하기만 해서는 그 어떠한 혁신도 이룰 수 없을 것이며, 마찬가지로 논리적 분석력 없이 막연한 감각에만 의존해서는 일을 그르치고 독단으로 나아가기 쉬울 것이다.

좌뇌형 아이 지도법

학교의 교육 과정 자체가 좌뇌의 개발을 지속적으로 유도하는 측면이 강하므로 별도로 좌뇌 개발을 위한 노력을 할 필요는 없다. 가정에서 좌뇌형 아이에게 필요한 것은 우뇌를 활성화하는 훈련이다. 일상에서 우뇌를 활성화하는 실용적 방법에는 속독이 있다. 아이가 책을 가까이 하고 독서에 숙련이 되면, 나름대로의 독서법을 터득하겠지만, 독서의 의도와 상황에 맞게 속독을 활용할 수 있도록 지도해야 한다.

문장 하나하나 정독하여 그 뜻을 세부적으로 정확하게 이해하는 것도 좋지만, 속독의 이유는 짧은 시간 내에 글의 총체적인 맥락을 파악하는 능력을 기르는 데에 있다. 읽어야 할 범위를 정해 놓고(초등학교 3학년 이하 : 기준 300~400자), 1분 동안 읽게 하는 것이 적절하다. 아이가 속독을 끝낸 후 부모는 아이에게 글의 주제나 전체적인 맥락에 대해 질문하는 과정을 거친다. 이러한 속독 훈련을 지속하면 아이는 정보를 짧은 시간에 총체적으로 처리하는 능력이 향상될 수 있다. 즉, 세세한 부분에만 집착하는 것을 벗어나 전체적인 이야기의 흐름을 볼 줄 알게 된다는 것이다(독서법에 따라 추구하는 목적이 다르다). 또한, 부족한 상상력을 보완하기 위해 과제를 스스로 선택할 수 있도록 하고, 답이 정해져 있지 않은 철학적이고 추상적인 질문을 활용해 방금 읽은 부분에 대하여 자신만의 고유한 생각을 표현하도록 지도하는 것도 좋은 방법이다.

책을 통해서만 세상을 경험하는 걸 넘어, 오감을 자극할 수 있는 다양한 경험을 제공해 주는 것도 잊어선 안 된다. 다양한 경험을 제공한다고 해서 그것이 꼭 해외여행 같은 거창한 것만을 말하는 게 아니다. 음식을 먹을 때, 목욕을 할 때 음악을 같이 틀어놓는 것, 쇼핑, 작품 전시회, 뮤지컬 등 일상적인 외출에 아이를 데리고 가는 것, 지적 유희를 제공해 주는 도구(장난감, 퍼즐, 프라모델 등)을 가지고 놀게 하는 것 등은 일상에서 아이의 오감을 자극하는 좋은 방법이다. 책 밖의 자연의 냄새를 맡게 해주고, 음악이나 명화같은 예술작품 감상을 하게 하는 것은 좌뇌 우세형 아이에게 큰 도움이 된다.

우뇌형 아이 지도법

우뇌형 아이는 학습 계획을 체계적으로 세우는 능력이 부족하므로, 스케줄 다이어리를 만들어 자신의 일정을 체계적으로 정리하는 과제를 내주도록 한다(부모가 아이의 모든 일상을 계획하라는 것이 아니라 단지 스스로 계획을 체계적으로 세울 수 있도록 도움을 주라는 것이다). 자기 생각과 정보를 시간적 순서에 따라 논리적이고 체계적으로 서술하게 만드는 것이다. 수학 문제의 경우 정답과 함께 구체적인 풀이과정을 함께 적어놓을 것을 요구하고,

어떠한 과정을 거쳐 답이 도출되었는지 스스로 설명해 보도록 지시한다. 독서법에 있어 우뇌 우세형 아이들은 책을 읽는 것을 지루해하는 경우가 많으므로, 책을 자세히 읽지 않고 흥미 있는 부분만 골라 속독하는 경향이 강하다. 하지만 짧은 분량을 정해주고 정독법으로 책을 읽게 한 후, 글의 다소 지엽적인 세부 사항에 대해 질문하고 시간적 순서에 따라 글의 내용을 설명해 보도록 지시하는 것은 좌뇌 발달에 큰 도움을 줄 것이다. 한편, 우뇌형 아이는 보상과 칭찬을 활용할 경우 동기부여 면에서 좌뇌형 아이보다 유리한 측면이 있으므로, 보상에 대한 기대를 세심한 집중력으로 유도할 수 있을 것이다.

영재의 비동시성 발달

IQ가 70인 사람이나 160인 사람이나 정규분포 곡선 양 끝에 존재하는 극단적 상태인 것은 마찬가지인데 우리는 전자를 도움과 배려가 필요한 사람으로 취급하고 후자는 모든 것에 능통한 천재라고 떠받들며 부러워한다. 지능이 우수하면 그것에 비례하여 일상의 모든 영역에서 우수함을 보일 것이라는 기대가 반영된 것이다. 그리고 바로 여기에서 문제가 발생한다.

오히려, 지능이 정규분포 곡선상 평균의 범위에서 크게 벗어날 경우, 독특한 성격적, 정서적 기질로 인해 사회에 적응하지 못하는 경우가 많다. IQ 145 이상부터는 오히려 학교 성적이 부진하거나 사회생활에 부적응 경향이 나타나는데, 이를 발산 현상이라고 한다. 이 문제를 처음 지적한 사람은 홀링워스

(Leta Hollingworth)다.

사람들은 지능이 우수하면 학업성적이 우수한 것은 물론, 다양한 과제나 업무, 인간관계에서도 당연히 뛰어날 것으로 기대한다. 그야말로 모든 면에서 일반인보다 우수해야만 하는 존재에 해당한다. 하지만 IQ가 매우 높아지게 되면 특정한 취약성이 동반되기 마련이다. IQ가 상승함에 따라 어느 특정 영역의 과잉 발달 현상이 나타나므로 영역 간 능력의 편차가 보통 사람들보다 극단적이게 되는 것이다. 이를 비동시성 발달이라고 한다.

요컨대, 극도로 지능이 높은 사람들은 특정 영역에서 매우 비범할 수 있지만 다른 다양한 부분에서는 보통 사람들보다 오히려 덜 만능적이게 된다. 능력 간 불균형은 일상생활에서의 내적 불일치와 부적응을 초래하고 이것이 지속해서 축적되면 '균형'을 이상적인 것으로 생각하는 학교나 조직의 평가 기준에 대해서 강한 거부감과 부적응을 유발할 수 있다.

발달의 관점에서 본다면 높은 IQ는 일종의 비정상일 수도 있다. 6살 아동이 12세 수준의 지능을 가지고 있다면 이는 분명 대단한 지적 능력임이 틀림없지만, 아이의 정서와 사회성 발달의 수준은 딱 그 정도 또래 수준이기에, 균형 있는 발달을 해

나가지 못하고 소위 말하는 '비동시성 발달'을 보일 수 있다. 오히려 높은 지능이 학교의 교과 과정을 지루하게 만들고, 지적 욕구가 충족되지 않아서, 혹은 대화가 통하는 친구가 없기에 사람들 사이에서 부적응하게 된다. 교사 관점에서는 자신의 권위에 도전한다고 느낄만한 행동들도 저지른다.

탁월한 지성으로 상대방의 논리적 허점을 잡아내고 분석하지만, 이것을 외부에 너무 직설적으로 표현하게 되면 상대방의 감정을 상하게 할 수 있다는 점을 잘 모르는 것이다. 이들이 천성적으로 나쁜 성품을 가지고 태어난 것은 아니다. 단지, 사회성이 좋다거나 성품이 훌륭하다는 평가를 받기 위해서는 세상 대다수를 차지하는 보통 사람들과의 이질성이 최대한 적을수록 유리할 뿐이다.

한편, 하워드 가드너(Howard Gardner)의 다중 지능이론에 따르면 인간의 지능은 언어지능, 논리수학지능, 신체운동지능, 음악지능, 공간지능, 자연탐구지능, 인간친화지능, 자기성찰지능의 총 8가지로 구성된다. 평범한 사람들은 여러 가지 지능이 균형 있게 발달한 상태에서 자신에게 상대적으로 가장 유리한 지능과 가장 부족한 지능을 발견해내고 그것을 기르고 보완하는 데 초점을 맞춘다. 하지만 소위 영재나 천재라고 하는 사람들은 특정 지능이 매우 극단적으로 발달한 경우가 많고, 우세한 몇몇 지능이 다른 지능의 원활한 작동을 방해하기도 한다.

피카소의 경우 공간지능이 매우 발달해있다고 볼 수 있다. 피카소에게 있어 숫자 '2'는 '수(數)'라는 개념이기보다는 사람의 코 모양 등 숫자 '2'와 닮아 있는 여러 가지 사물로 인식될 가능성이 크다. 보통 사람들과 달리 세상을 바라보고 인식하는 방법이 현저하게 치우쳐 있다. 그러기에 언어지능이나 논리수학지능이 원활하게 작동하지 못할 수 있다. 천재적인 예술적 재능과 달리 그의 학업성적이 낙제점 수준이었던 것은 충분히 이해가 된다. 하지만 피카소는 언어를 잃어버리고 예술가가 되었다. 이미지 사고에 능숙한 아인슈타인도 어린 시절 글을 배우는 데 어려움을 겪었다.

한쪽으로 치우친 잠재력은 한 개인을 천재로 만들어주기도 하고 바보로 만들기도 한다. 피카소가 예술계의 거장이 될 수 있었던 것은 그가 그림에 영재성을 지녔던 이유도 있겠지만, 무엇보다도 그의 장애와 발달 불균형에서 영재성을 볼 줄 알았던 부모의 관심과 안목에 있다 할 것이다. 화가였던 피카소의 아버지 파블로 루이즈 피카소는 아들의 영재성을 알아봤다. 그의 형편없는 성적표를 질책하는 대신 아들의 재능을 살리는 방향으로 힘을 쏟았다. 아들 피카소가 남들보다 일찍 미술 전문교육을 받을 수 있도록 이끌었다. 천재적 인물들은 재능이나 관심사가 특정한 영역에 쏠려 있는 경우가 매우 많다. 이로 인해 나타나는 일탈과 부적응 양상을 그저 장애로만 치부한다면 장애라고 볼 수도 있을 것이다.

하지만 앞으로 위대한 창조적 업적을 낳을 사람들의 일반적 특성이라고 한다면, 장애가 아닐 것이다. 이처럼 천재 현상은 극단의 영역에서 발견되는 경우가 많다. 영재나 천재라고 하는 인물들은 모든 것에 능통한 팔방미인이라기보다 극단적으로 발달한 1~2가지 요소를 바탕으로 다른 영역들과 조화를 이뤄가며 다양한 분야에 창조력을 발현해내는 존재에 가깝다.

평균의 허상

"내가 지적하고 싶은 것은 '평균'이란 모호한 기준이다.
사람은 잘하는 분야가 있고 그렇지 못한 분야가 있다.
한 과목에서 특출난 학생이 있으면 그 점을 부각해 인정해야

하는데

모든 학점을 평균해서 평가한다.

두 과목 평균 80점을 맞은 학생보다 한 과목 100점,

다른 한 과목 50점을 받은 학생이 특정 분야는 훨씬 우수한데

세상은 평균 80점 학생을 더 알아준다.

각기 다른 분야에서 100점을 맞은 학생들을 잘하는 분야에서

같이 연구할 수 있게 하면

엄청난 시너지를 낼 수 있는데 그걸 잘 모르는 것 같다."

-김웅용 (IQ 210, 신한대학교 교수)

각기 다른 분야에서 100점을 맞는 학생들이란 각 분야에 영재를 의미한다. 굳이 영재들을 언급하지 않더라도 모든 아이는 고유한 개성이 있고 각기 잘하는 분야가 있다. 하지만 지금 한국의 교육은 아이들의 모든 능력을 평균 내어 평가한다. 이러한 점에서 '평균'은 모든 사람에게 상처를 준다. 특정한 분야에 뛰어난 소질을 보이는 색깔 있는 인재일수록 입게 되는 상처의 크기가 커진다. 사회가 인정해 주는 학생은 반에서 1등 하는 학생이지 수학을 1등 하는 학생, 음악을 1등 하는 학생이 아니기 때문이다. 한국의 교육은 학생의 강점보다는 약점을

지적한다. 한 영역에서 우수한 잠재력을 보유한 영재일지라도 뒤처지는 과목이 있다면 대학 입시에서 불리하기에 개선의 여지가 있는 학생일 뿐이다. 때문에, '평균'은 특정 분야에 제대로 몰입하여 깊이 사색할 기회와 독창성을 발휘할 기회를 빼앗아 간다. 물론 지식을 편식하지 않고 균형 잡힌 공부를 하는 것 역시 중요하다. 하지만, 여러 가지 과목을 많이 배운다고 해서 제대로 된 공부를 할 수 있는 것은 아니다. 다양하면서도 균형 잡힌 식단으로 보이지만 너무나 많고 다양한 반찬들을 섭취해야 하므로 제대로 씹지도 못하고 그냥 넘겨버려야 하는 일이 발생하기 때문이다. 앞에서 언급했듯이 몰입은 영재들의 대표적 특성 중 하나이다. 영재들이 자신의 재능을 발견하고 그 분야에 대한 몰입을 성인기까지 지속시킬 수 있다면 가공할만한 성취를 이룰 수 있게 된다. 하지만 여러 가지 지식을 고르게 갖출 것을 강요하고 평균을 기준으로 평가하는 획일적인 시스템이 영재들의 독보적인 성취를 방해하는 것은 아닌지 생각해볼 일이다.

최고의 제너럴리스트는 여러 분야를 어중간하게 조금씩 잘하는 사람이 아니다.

최고의 제너럴리스트는 한 두 분야의 전문성을 중심으로 하여 유사영역 또는 반대영역으로 전문성을 확대한 사람이다.

영재가 최고의 제너럴리스트로 성장하기 위해서는 일단 몰입의 대상이 필요하다.

너무 하나에만 몰두하는 아이, 이대로 괜찮을까?

아이가 꼭 영재는 아니더라도 자신의 흥미를 끄는 한 가지 대상에만 굉장히 몰입할 수 있다. 만약 아이가 공룡에 대해 몰입하기 시작하면, 아이는 공룡 장난감만 가지고 놀며, 식사 중에도, 어른과 대화 중에도, 유치원이나 학교에서도, 공룡 이야기만 할 수 있다.

부모는 하나에만 너무 집착하는 아이의 모습에 충분히 당황할 수 있다.

하지만 아이가 하나에만 몰입한다고 해서 아이의 균형있는 성장까지 저해되는 것은 아니다.

아이에게서 공룡 장난감을 빼앗기 보다는 공룡이라는 주제를 가지고 다양한 시도를 해보도록 유도하는 것이 좋다. 공룡 장난감으로 새로운 놀이법을 개발하여 즐기게 하거나, 공룡 그

림을 그리게 하고, 공룡과 관련된 다양한 서적을 읽게 하는 것
이다. 이러한 과정을 통해 아이의 두뇌는 공룡이라는 한 가지
주제만 가지고도 다양한 자극을 받게 된다.

공룡 관련된 서적을 보는 것은 아이의 언어 능력을 향상시켜
주고, 공룡 그림을 그리거나 점토로 공룡을 만드는 것은 아이
의 공간 지각능력과 소근육(눈과 손의 협응 및 사물의 조작력과 관련)
의 예리한 발달에 도움이 된다. 아이가 꼭 공룡과 관련된 진로
를 가야하는 것은 아니지만, 아이는 공룡에 대해 몰입한 경험
을 통해 더욱 탁월한 학습능력을 가지게 되고 이는 다른 분야
의 지식을 학습할 때도 유리하게 작용할 것이다. 이는 달리기
와 수영이 전혀 관련 없는 운동처럼 보이지만 달리기를 통해
향상된 폐활량이 수영에 큰 도움이 되는 것과 같은 이치이다.

아이의 영재성 자가 진단하기

샐리 양키 워커 박사(Sally Yahnke Walker)의 영재성 평가 항목

영재를 판별하는 데 있어서 지능 검사와 전문가의 종합 진단도 중요하지만, 전문가는 아이의 일상에 대해 부모보다는 제한적인 정보를 가지고 있을 수밖에 없다.

이러한 점에서 부모의 자가 진단은 전문가가 놓치기 쉬운 세세한 부분을 보완할 수 있다는 큰 장점이 있다 할 것이다.

*각 질문에 대해, 확실히 그렇다(3). 그런 편이다(2). 잘 모르겠다(1). 별로 그렇지 않았다(0) 중 가장 가까운 항목 하나를 체크한다.

1. 보통 아이들보다 일찍 보고 들었는가?

확실히 그렇다(3) 그런 편이다(2) 잘 모르겠다(1) 별로 그렇지 않았다(0)

＊신생아의 시력은 8~12인치 거리에 있는 물체를 볼 수 있는 정도 다. 색깔을 보는 능력은 4~6개월 사이에 발달된다. 생후 2개월 무렵 까지 천천히 움직이는 물체를 180°까지 따라보며, 사람 얼굴을 선 호한다.

태어나자마자 눈을 돌리며 보는 아이도 있지만 대개는 2주 후에야 시선의 움직임이 나타난다. 듣는 것도 2주 이내에 큰 소리에 놀라는 반응을 보였다면 빠른 것이다.

2. 활동성이 강한가?

확실히 그렇다(3) 그런 편이다(2) 잘 모르겠다(1) 별로 그렇지 않았다(0)

＊10년 전까지도 아이가 서서 걷기 시작하는 것을 생후 1년 무렵으 로 인식했다. 하지만 지금은 점점 아이들의 발육이 빨라져서 6개월 이전에도 서서 움직이려는 경우가 많다.

주의해서 보아야 할 것은 근육 발달보다 움직이려는 의지가 앞서서 애를 써 기려고 하거나 일어서려고 하거나 보행기를 끌고 다니며 부딪히려 했는지가 중요하다.

'어린아이 몸에 갇힌 어른'인 듯, 자신의 한계를 뛰어넘고자 하는 태도를 가진 아이들이 있다. 결과적으로는 부산스럽고, 유난스럽고, 시끄럽고, 사고를 치는 아이다.

다치기도 잘하고, 남들이 하지 않는 짓을 시도하려다가 말썽을 일으키곤 한다.

3. 게임이나 독서에서 어른이나 자기 또래보다 나이 많은 아이들에게 어울리는 것에 흥미를 보이는가?

확실히 그렇다(3) 그런 편이다(2) 잘 모르겠다(1) 별로 그렇지 않았다(0)

4. 한 번 시작한 과제에 집착하는가?

확실히 그렇다(3) 그런 편이다(2) 잘 모르겠다(1) 별로 그렇지 않았다(0)

*10세 이하 아이들에게서는 어떤 놀이라도 20~30분 이상 재미를

느끼기가 쉽지 않다.

10세 이하에서 한 시간 이상 특정한 놀이나 과제에 집중하는 모습이 보인다면 확실한 특성으로 볼 수 있다. 4~5시간 이상 온종일 혹은 몇 날 며칠을 매달리는 아이도 있다. 하지만 30분 이상에서 한 시간 정도라면 그런 편으로 평가하고, 한 시간이 넘어가는 경우가 있었다면 확실하다고 평가할 수 있다.

5. 남들보다 좀 더 자세히 관찰하려는 자세가 있는가?

확실히 그렇다(3) 그런 편이다(2) 잘 모르겠다(1) 별로 그렇지 않았다(0)

＊미술관, 박물관에서 다른 사람은 충분히 구경했다며 지나가도 자기는 좀 더 자세히 보려고 한다던가, 망가진 시계를 분해해 보려 한다던가, 남의 집에 가서도 무언가를 열어 보고 작동해보려는 모습을 보인다.

6. 비상한 기억력이 있는가?

확실히 그렇다(3) 그런 편이다(2) 잘 모르겠다(1) 별로 그렇지 않았다(0)

7. 같은 문제를 여러 가지 방법으로 풀어 보려고 하는가?

확실히 그렇다(3) 그런 편이다(2) 잘 모르겠다(1) 별로 그렇지 않았다(0)

*답을 알게 되었음에도 다른 답이 있는지, 다르게 해결하는 방법이 있는지를 생각해보는 모습을 보인다.

8. 남들이 지나쳐 버리는 문제를 지적하거나 걱정하는가?

확실히 그렇다(3) 그런 편이다(2) 잘 모르겠다(1) 별로 그렇지 않았다(0)

*세계 식량 위기, 환경 위협, 인구 문제, 전쟁 등에 대해 걱정을 한다. 죽음, 윤회, 우주의 생성 등 지나치게 거시적인 문제에 대해 고민한다.

9. 문제를 해결하는 데 보통의 방법이 아닌 것을 사용하려 하는가?

확실히 그렇다(3) 그런 편이다(2) 잘 모르겠다(1) 별로 그렇지 않았다(0)

＊엉뚱한 발상이나 반대로 생각해보려는 행동을 보인다.

10. 왜 그런지, 어떻게 그렇게 되는지 알고 싶어 하는가?

확실히 그렇다(3) 그런 편이다(2) 잘 모르겠다(1) 별로 그렇지
않았다(0)

＊질문이 많고 매우 집요하다. 대답이 만족스럽지 않으면 스스로 찾
아보려 한다.

11. 안 그런 척하거나 그런 척하는 행동을 하는가? 매우 뚜렷
한 상상 속의 인물이나 사건을 말하는가?

확실히 그렇다(3) 그런 편이다(2) 잘 모르겠다(1) 별로 그렇지
않았다(0)

12. 유머 감각이 유별난가?

확실히 그렇다(3) 그런 편이다(2) 잘 모르겠다(1) 별로 그렇지
않았다(0)

13. 여러 가지 것에 대해 질문을 많이 하는가?

확실히 그렇다(3) 그런 편이다(2) 잘 모르겠다(1) 별로 그렇지 않았다(0)

14. 불필요할 정도로 자세한 것에 대해 걱정하는가?

확실히 그렇다(3) 그런 편이다(2) 잘 모르겠다(1) 별로 그렇지 않았다(0)

15. 예민하고 유별난 동정심을 보이는가? 소음이나 통증, 슬픔에 대해 과도한 반응을 보이는가?

확실히 그렇다(3) 그런 편이다(2) 잘 모르겠다(1) 별로 그렇지 않았다(0)

16. 어떤 활동을 계획하거나 조직하는 일을 좋아하는가?

확실히 그렇다(3) 그런 편이다(2) 잘 모르겠다(1) 별로 그렇지 않았다(0)

17. 다소 복잡한 게임을 할 때, 평균 이상의 조정 능력을 보이는가?

확실히 그렇다(3) 그런 편이다(2) 잘 모르겠다(1) 별로 그렇지 않았다(0)

18. 성장 발육 단계에서 몇 단계 빠른 발달을 보였는가?

확실히 그렇다(3) 그런 편이다(2) 잘 모르겠다(1) 별로 그렇지 않았다(0)

19. 친구들과 즐겁게 지내는 것을 좋아하는가?

확실히 그렇다(3) 그런 편이다(2) 잘 모르겠다(1) 별로 그렇지 않았다(0)

20. 이야기 만드는 것을 좋아하고, 독특한 아이디어를 내는가?

확실히 그렇다(3) 그런 편이다(2) 잘 모르겠다(1) 별로 그렇지 않았다(0)

21. 관심 영역이 다양한가?

확실히 그렇다(3) 그런 편이다(2) 잘 모르겠다(1) 별로 그렇지

않았다(0)

22. 다른 아이들에게 자기가 원하는 것을 시키는가?

확실히 그렇다(3) 그런 편이다(2) 잘 모르겠다(1) 별로 그렇지
않았다(0)

23. 고도로 발달된 언어 능력을 보여주는가?

확실히 그렇다(3) 그런 편이다(2) 잘 모르겠다(1) 별로 그렇지
않았다(0)

24. 같은 취미나 관심을 가진 사람을 찾아내고 같이 어울리고
자 하는가?

확실히 그렇다(3) 그런 편이다(2) 잘 모르겠다(1) 별로 그렇지
않았다(0)

25. 다른 사람과 같이 작업할 줄 알고, 좋아하는가?

확실히 그렇다(3) 그런 편이다(2) 잘 모르겠다(1) 별로 그렇지
않았다(0)

26. 자기 자신에게 대해 매우 높은 기대치를 설정하는가?

확실히 그렇다(3) 그런 편이다(2) 잘 모르겠다(1) 별로 그렇지 않았다(0)

27. 간단한 문제를 지나치고 어려운 문제를 선택하려는가?

확실히 그렇다(3) 그런 편이다(2) 잘 모르겠다(1) 별로 그렇지 않았다(0)

28. 책에 집착하는가?

확실히 그렇다(3) 그런 편이다(2) 잘 모르겠다(1) 별로 그렇지 않았다(0)

29. 많은 일을 벌이고 그 모든 일에 열정을 보이는가?

확실히 그렇다(3) 그런 편이다(2) 잘 모르겠다(1) 별로 그렇지 않았다(0)

30. 자신의 아이디어를 여러 사람에게 보여주는 것을 좋아하는가?

확실히 그렇다(3) 그런 편이다(2) 잘 모르겠다(1) 별로 그렇지 않았다(0)

＊모든 항목을 평가 및 합산해 총점 90점 중 65점 이상이 되면 영재성이 확실히 있다고 보아야 하며, 80점 이상이 되면 고도 영재라고 보아야 한다.

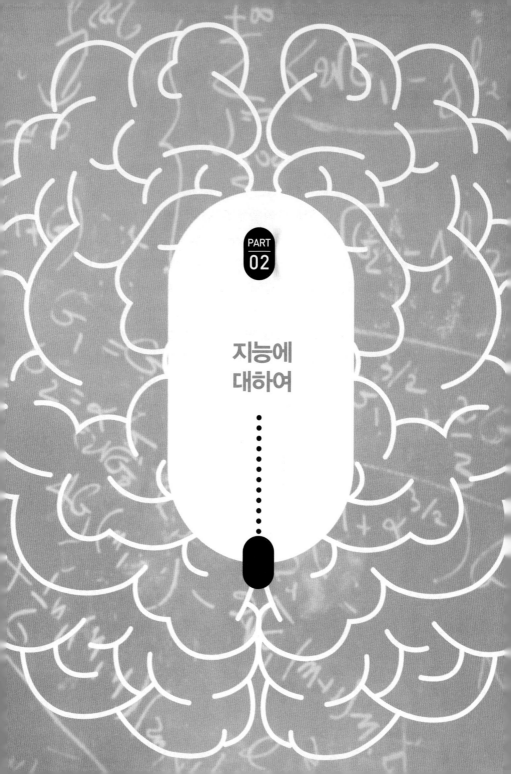

PART
02

지능에
대하여

'영재'를 논할 때 빠지지 않는 것이 바로 높은 지능이다. 하지만 지능이 무엇인지에 관해 물어본다면 정확히 대답할 수 있는 사람이 아마도 많지 않을 것이다. 지능은 한마디로 명확하게 정의하기 어려운 개념이다. 이미, 수많은 학자가 나름대로 논리를 내세우며 명확한 의미를 규명하고자 노력했지만 그럴수록 지능에 대한 정의가 더 다양해졌을 뿐이다. 대부분의 논리를 관통하는 대략적인 합의만 이루어진 상태. 지능은 단순히 IQ를 말하는 것일까? 그렇다면 IQ가 얼마나 높아야 영재일까? IQ는 복잡한 인간의 지능을 온전히 대변해 줄 수 있을까? 이번 장에서는 영재성을 구성하는 대표적 요소 중 하나라 할 수 있는 '지능'에 대해 알아보자.

······

지능이란 무엇일까?

　　지능이란 암기와 계산을 빠르고 정확하게 할 수 있는 지적 능력을 말하는 것일까? 아니면 사물의 근본 원리나 규칙성을 꿰뚫어 볼 수 있는 통찰력을 말하는 것일까? 지능이란 우리 일상에서 많이 듣고 사용하는 단어이지만 막상 정의하기가 어렵고 매우 추상적이다. 지능을 측정한다고 하면 먼저 '지능'이라는 것이 무엇인지 그 개념을 명확히 정의해야 하는데, 이는 학자와 이론적 모델에 따라 다소 다르다. 오늘날에 와서는 정서지능, 사회지능을 비롯한 하워드 가드너의 지능이론이 널리 알려져 보다 포괄적인 개념으로 다루어지고 있다.

지능이 설령 정의될 수 없는 것이라 해도 지능에 대해 우리가 이해하는 총체적 인식에서 공통적 특징을 뽑아 일반적으로,

문화적으로 통용되는 표상을 만들어 볼 수는 있을 것이다(지능
에 대한 대표적인 견해들을 살펴보는 것은 개괄적인 수준에서의 이해를 도
울 것이다).

린다 갓프레드슨(Gottfredson)은 지능이란 매우 일반적인 정신
능력으로, 추론, 계획, 문제 해결, 추상적 사고, 복잡한 생각의
이해, 빠른 학습, 경험에서 배우는 능력을 포함한다고 보았다.
그녀에 따르면 지능은 단순히 책을 통한 학습 능력이나 좁은
의미의 학업 능력, 혹은 시험을 잘 보는 능력이 아니라 좀 더
광범위하고 깊이 있는 차원에서 주변 환경을 파악하는 능력을
말한다. 즉, 무슨 일이 일어나는지 알아차리고, 대상을 이해하
며, 어떻게 행동해야 할지 알아내는 능력이다.

카텔(Cattel)은 지능을 유동 지능과 결정 지능으로 구분하였다.
유동 지능은 새롭고 추상적인 문제를 해결하는 능력이다. 후
천적 경험이나 지식이 관여하지 못하는 영역으로 유전적 요소
에 영향을 많이 받는 지능이다. 예를 들어 빠진 곳 찾기, 차례
맞추기, 모양 추론하기, 숫자 외우기 등 주어진 대상을 분석하
여 일정한 규칙을 찾아내는 능력과 관련이 있다. 유동 지능은

소위 실행 기능이라 불리는 정신 작용을 통해 발휘되며, 실행 기능은 작업 기억, 주의 조절, 억제 조절 능력을 포함한다. 대부분의 IQ 검사, 로스쿨 입학시험인 법학적성시험(LEET), 국가직무능력표준(NCS), 그 외 각종 인적성검사 등이 지원자의 선천적 능력을 검사하는 시험이다. 따라서 이러한 유형의 시험들은 수많은 문제를 접해 경험을 축적해도 성적 향상에 한계가 있다. 사회에서 성공하려면 유동 지능이 우수한 것이 유리하다. 이들은 선천적 능력을 타고난 사람들이기 때문에, 경험이나 배움의 기회가 부족해도 마주한 새로운 문제를 쉽게 해결할 수 있다.

반면, 결정 지능은 후천적 환경으로부터 경험하고 학습된 영역과 관련이 있다. 이에는 어휘 이해력, 계산능력, 상식 등이 해당한다. 유동 지능이 고정적인 능력임에 반해 결정 지능은 지식과 경험이 축적될수록 높아지는 가변성을 보인다. 유동 지능이 부족하지만, 결정 지능이 우수한 사람은 비록 타고난 지능이 우수한 것은 아니지만 배우는 능력이 탁월하므로 후천적 교육을 통해 충분히 전문가로 성장할 수 있다.

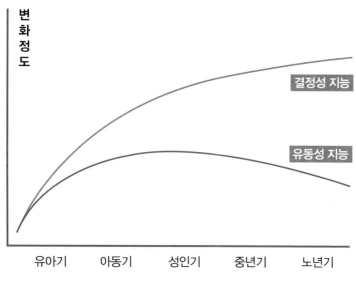

〔▲ 나이에 따른 유동 지능과 결정 지능〕

유동 지능은 생리적 영향을 많이 받으므로 생애 초기에 급상
승되고 상당히 빨리 감소하는데, 20세에 정점을 기록하고 그
이후부터 급격하게 줄어드는 모습을 보인다. 따라서 70세 이
상의 노인들은 퍼즐 맞추기나 미로 찾기를 어려워한다.

반면 결정 지능은 생애에 걸쳐 계속 증가한다. 왜냐하면, 나이
를 먹을수록 경험과 지식이 풍부해지기 때문이다. 중년의 나
이에도 위대한 업적을 낳은 천재들이 많은데, 나이를 먹어감
에 따라 유동 지능이 퇴화하는 것은 맞지만 결정 지능이 이를

보완해 주기 때문이다. 창조성이라는 것은 기존의 지식과 정보를 융합하여 새로운 가치를 창출해내는 행위인데 비록 나이가 들어 그러한 정보를 받아들이는 유능한 콘텐츠 편집가(유동 지능)는 퇴직했지만 젊은 시절 콘텐츠 편집자가 미리 정리해 놓은 다방면의 콘텐츠(결정 지능)는 그대로 남아있는 것이다. 그러므로 나이의 증가가 창조성을 발휘하는데 커다란 걸림돌이 되는 것은 아니다.

지능은 유전에 의한 것인지 후천적 경험으로 영향을 받는 것인지, 즉 선천성-후천성 논쟁에 휘말렸다. 지능을 연구하는 학자 중에는 두 가지 입장을 모두 수용하는 경우도 있지만, 대부분 두 가지 중 어느 한 가지를 더 선호한다. 지능의 선천성을 중시하는 학자들은 유동 지능에, 후천성을 중시하는 학자들은 결정 지능에 더 비중을 둔다.

한편, 하워드 가드너(Howard Gardner)는 인간의 지능이 단일한 형태로 존재하는 것이 아니라 다양하게(8가지) 존재한다고 주장했다. 다양한 지능 중에서 어떤 것은 높게, 어떤 것은 낮게 나타나는 법이기 때문에 능력 없는 사람은 없다는 것이다. 예를 들어 수학을 못 해 학업성적이 부진한 아이가 또래들보다 피아노, 바이올린 같은 악기를 쉽게 배우고 터득할 수도 있는 것이다. 이처럼 가드너 교수의 다중지능 이론은 IQ 검사를 위주로 한 기존의 지능이론에 새로운 관점을 제시했다는 것에 큰 의의가 있다(가드너의 다중지능이론에 대해서는 뒤에서 자세히 다룬다).

......

IQ(지능 지수)의 정체

1906년 프랑스 심리학자 알프레드 비네(Alfred Binet)가 지능 검사를 최초로 창안한 이래 학교에서 학습부진아를 예측해내는 수단으로써 사용되었으며 이후 세계 대전에서는 정신이상자나 정신 지체자를 골라내는 등 전쟁에 참여시킬 군인을 선발하는 과정에 활용하기도 하였다.

이후 1916년 루이스 터먼(Lewis Terman)이 비네검사를 기초로 스탠퍼드-비네 검사를 표준화하면서 지능 검사에 지능 지수를 추가했다. 이는 오늘날에도 많이 활용되는 지능 검사 방법의 하나다.

지능 지수(IQ)라는 것은 말 그대로 지능을 수치화한 개념이며 이는 측정 가능하고 서로 비교 가능하다는 것을 의미한다. 평균값을 임의로 100으로 설정하고 평균보다 지능이 우수하면

100 이상으로, 둔하면 100 이하로 나누는 것이다. 인간의 지능 지수를 100점 만점으로 하지 않은 것은 인간의 지능을 완벽하게 측정할 수 없기 때문이 아닐까 생각한다. 인간의 머리가 얼마나 좋을지는 모르며 인간의 모든 지적 잠재력을 IQ가 측정해 줄 수는 없다.

IQ 산정 방식에는 크게 2가지 종류가 있는데 하나는 비율 지능 지수이고 하나는 편차 지능 지수이다. 비율 지능 지수는 실제 나이보다 정신 연령이 얼마나 높은지로 판단하는 지능 지수이다.

비율지능지수 = (정신연령/생육연령)×100

예를 들어, 5살짜리 아이가 10살에 해당하는 지적 발달 수준을 보인다면 이 아이의 지능 지수는 200이 된다.

하지만 이러한 지능 산출 방식은 나이의 증가에 따른 개인의 지적 발달 수준을 제대로 측정하지 못하는 한계가 있다. 왜냐하면, 인간의 지적 발달은 나이의 증가와 직선적인 관계가 있지 않기 때문이다(인간의 지능 지수는 나이를 먹어갈수록 계속 상승하는 것이 아니라 14세 정도에 이르면 안정적으로 고정되는 경향을 보인다).

위의 공식에 따라 5살짜리 아이가 10세에 해당하는 지적 발달 수준을 보이는 것은 대단히 의미 있는 일이지만, 점차 성장하여 성인이 되면 그렇게 대단한 의미가 없어진다.

이 점을 보완하기 위해 등장한 것이 바로 편차 지능 지수이다. 편차 지능 지수는 개인의 지능을 동일 연령집단 내에서 상대적인 위치로 규정하는 지능 지수이다. 현대의 IQ 검사에서는 대부분 편차 지능 검사를 많이 활용하며 평균을 임으로 100으로 정의한 뒤, 이 평균을 중심으로 표준편차가 15인 분포를 만들어낸다. 국내에서 공신력을 갖는 편차 지능 검사 방법으로는 웩슬러 지능 검사가 대표적이다.

웩슬러 지능검사는 세계적으로 가장 널리 사용되는 지능 검사이며, 국내에서는 법적 의미를 갖는 유일한 지능 검사이다. 이 검사는 g요인(지능에 대한 일반적 측정치로, 모든 지적 수행에 관여하는 능력을 의미한다.) 즉, 일반 요인을 측정하는 원리에 따라서 만들어진 검사다. 일반 요인은 일반적 지능을 나타내는 지수다. 일반적 지능이란 각각의 특수한 지적능력들에 공통으로 작용하는 공통분모로서, 모든 분야의 지적 활동에 공통적인 영향을 미치는 단일한 일반 능력을 말한다.

웩슬러 지능 검사의 종류

K-WPPSI(Korean-Wechsler Preschool and Primary Scale of Intelligence)는 만 3세부터 7세 7개월 이하인 유아의 지능을 측정하기 위한 검사이다.
K-WISC(Korean Wechsler Intelligence Scale for Children)는 만 6세부터 16세 이하인 아이의 지능을 측정하기 위한 검사이다.
K-WAIS(Korean Wechsler Adult Intelligence Scale)는 성인용 지능 검사이다.

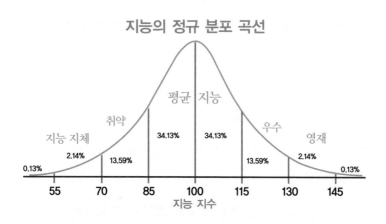

지능의 정규 분포 곡선

〔▲평균이 100이고 표준편차가 15인 IQ의 분포〕

위 그래프는 편차 지능 지수로 평균이 100이고 표준편차가 15인 표준화 점수로 지능을 설명하고 있다. 즉, 평균 100을 기준으로 보았을 때 1 표준편차인 85~115 사이에 전체 100명 중 68명이 포함되며 2 표준편차인 IQ 130 이상은 100명 중 2명 정도에 해당한다는 의미이다. 사실, IQ 검사는 그래프 양 끝의 2%를 각각 차지하는 IQ 70 미만과 IQ 130 이상을 판별하는 데 의미가 있다. IQ가 극단적으로 낮거나 극단적으로 높지 않은 이상, 학습 능력을 비롯한 지능으로 인한 능력의 차이가 질적으로 다르게 나타나는 것은 아니다. IQ 70 미만은 지능 지체로 특수 교육이 필요하며 IQ 130 이상은 우수 범위로 영재일 가능성이 있다고 보고 보다 정밀한 진단을 통해 그 수준에 맞는 교육이 필요하다 하겠다.

IQ가 130 이상이 되면 이제 IQ는 양적으로 우열을 나타내는 지수가 아니게 된다. IQ 130은 질적으로 다른 지능을 나타내는 수치다. IQ 130이 넘는 영재 아동은 다른 똑똑한 아이들보다 훨씬 더 똑똑하다는 의미라기보다는 지적 체계가 다름을 의미한다(물론 IQ 130 이상이라고 해서 바로 영재로 진단을 받을 수 있는 것은 아니지만 말이다. 영재 진단의 가능성을 보여주는 지표이지만, 정확한 진단을 위해서는 종합검사를 통해 다른 지표들이 반드시 보완되어야 한다).
IQ 130에는 또 다른 의미가 부여될 수 있다. 과학자, 의사, 고위 경영자 등 일명 사회의 지식인이라 칭해지는 사람들의 평균 IQ는 130 정도다. 다시 말해 IQ 130은 전문지식이 필요한 직업군에서 제대로 된 역량을 발휘할 수 있는 지적 잠재력이 있다고 볼 수 있는 것이다.

덧붙여, IQ는 그 사람이 가진 지식의 양을 측정하는 것이 아니라, 지적 잠재력을 측정하는 것이다. 지적 잠재력이란 기억, 수리, 이해, 언어, 추리 능력 등을 말하며 외부의 지식과 정보를 효율적으로 수용하고 처리할 수 있는 능력을 말한다. 따라서 IQ가 높다는 것은 지식의 양이 많음을 나타내는 것이 아니라 정보를 효율적으로 분석하고 축적할 수 있는 잠재 능력이 높다는 것을 의미한다(앞서 설명한 유동 지능).

그리고 지능 검사에서 주로 측정하는 것은 이미 개발된 지능이 아니라 선천적 지능이다. 인간의 지적 잠재 능력은 3세 이전에 80% 이상 완성되며, 14세 이후에는 고정적이라는 것이 학계의 통념이다. 지능 검사에서 높은 점수를 얻기 위해 고의로 테스트 유형을 파악하는 등 훈련 과정을 거쳐 높은 수치가 나왔다고 해도, 큰 의미는 없다.

지능은 사람의 개성과 인격을 구성하는 중요 요소다

지능 검사 결과 아이가 높은 IQ를 보유한 것으로 판명될 경우 부모들은 대개, 아이의 희망찬 미래를 마음속으로 그리기 시작할 것이다. 하지만 IQ가 너무 높을 경우, 아이가 보편적 양상에서 벗어나므로 각별하게 주의해야 할 점도 생기게 마련이다. 특히, IQ 140 이상의 고도 지능아는 지적 특이성 때문에 보통의 아이들과 다르게 행동할 수밖에 없다. 아이의 인격이 잘못된 것이 아니라 아이의 두뇌가 그러한 양상을 만드는 것이다. 지적 특성 역시 한 사람의 인격과 따로 분리해 놓고 취급할 수 없다. 사실, 인간의 성격에 대해 논할 때 인지 능력과 정보 처리 속도는 많은 부분을 결정한다. 지능이 뛰어난 아이일수록, 보통의 아이들과 다른 양상이 뚜렷하게 나타나므로, 아이의 지능을 사회의 모든 다른 요소와 연관 지어 균형 있게 성장할 수 있도록 신경 써야 한다(이 부분에 대해서는 뒤에서 더 자세히 다룬다).

학교에서 공부를 잘하는 모범생이면서 또래 친구들과 무난하게 어울릴 수 있는 아이들은 대부분 IQ 120~130 정도다. 이들은 자신의 지적능력이 다른 아이들보다 뛰어나다는 것을 인지할 수 있지만, 질적으로 크게 차이가 나는 것은 아니므로 다른 아이들과 무난히 소통하면서, 안정된 정서를 바탕으로 자신의 지적능력을 다양한 생활 영역에 맞게 적용할 수 있다. 쉽게 말해, 적당히 똑똑하면서 무난하게 사회에 적응할 수 있는 우수아동 정도로 보면 된다.

IQ 140 이상 고도 영재들에게 주로 지적되는 문제들

- 혼자 자기 일에 몰두하는 것을 좋아하여, 교우관계가 원만하지 못할 수 있음(사회성 문제로 보일 수 있지만, 본인은 혼자 몰입하는 것을 더 선호할 수 있다.)
- 자기중심성, 강렬한 정서적 반응으로 친구들이 싫어할 수 있음
- 성취에 대한 지나친 기대감으로 실패할 경우 우울증 발생
- 높은 독립심으로 자기주장이 너무 강하고 타협이 어려움.

IQ는 한 인간의 지능을 온전히 대변할 수 있는가?

수많은 심리학자가 추상적인 대상에 해당하는 지능이라는 것

을 과학적으로, 효과적으로 측정하고자 오랜 역사 동안 연구하여 고안된 것이 바로 지능 검사이며 이는 수질 검사와 유사하다. 수질 검사를 할 때 모든 지하수를 검사하지 않고 일부의 지하수만 검사한다. 그 때문에 때로는 검사 결과가 정확하지 않을 수도 있겠지만 상당히 높은 확률로 정확한 결과가 도출된다. 더욱이 전문적으로 만들어진 종합검사들은 서로 간 유사한 측정 결과를 보여줄 정도로 신뢰성이 있다. 따라서 지적 능력을 검사할 때 측정할 수 있고 계량화할 수 있는 도구인 IQ 검사(주로 웩슬러 지능 검사)를 활용하는 것이다. 하지만 IQ 검사가 아이의 숨겨진 재능을 총체적으로 측정할 수는 없기에 측정된 지능 지수를 참고하여 아이의 소질을 다각적 분석하는 편이 영재 진단의 정확도를 높일 수 있는 길일 것이다.

물론, 앞에서 살펴본 렌줄리 모형에서처럼 IQ가 보통 이상에 해당하고 다른 영역에서 충분히 영재 기질을 보인다면 그 아이는 잠재력이 훌륭하다고 볼 수 있으니 IQ만으로 아이의 모든 것을 재단하진 말자.

지능 검사의 종류에 따라 다른 결과가 나오진 않을까?

전문적으로 잘 만들어진 지능 검사의 경우, 서로 다른 검사지 간에도 유사한 결과가 나타난다. 검사 내용이 달라 보인다고 하더라도 일반적으로 IQ 검사 간 상관은 0.80~0.90이다(상관 관계는 −1에서 +1 사이의 값을 가지며 +1에 가까울수록 두 변수가 서로 유사하다고 볼 수 있다). 심지어, 일정 기간이 지난 후 같은 검사지로 지능 검사를 해도 비슷한 수치를 보인다.

IQ는 평생 변하지 않는 것일까?

나이를 먹어 두뇌 기능이 저하되기 전까지, 지능 검사를 통해 측정된 지능 지수는 평생 변하지 않는다(이론상). 물론 검사 시점에서의 심리적 불안 요소나 주의력 장애, 동기 부족 등의 영향으로 집중력이 낮아져 측정결과가 실제 능력보다 낮게 나올 수 있으므로 이 부분은 참고할 필요가 있다.

다시 말해, 제대로 측정된 IQ는 장기간 안정적이고 일관적이다. 만약 테스트 결과의 차이가 크다면, 높게 진단되는 쪽을 아이의 진짜 IQ로 볼 것을 추천한다. 왜냐하면, IQ는 자신의 능력보다 낮게 측정되는 경우는 많아도 높게 측정되는 경우는 상대적으로 드물기 때문이다.

물론, 고의로 IQ 테스트 유형을 학습하여 높은 수치가 나왔다면, 이는 별로 의미가 없다.

03

IQ만으로 설명할 수 없는 것들

높은 IQ란 통상 130 이상을 말한다. 하지만 그 인지적 특성만으로 영재 아동의 다른 측면을 모두 설명할 수는 없다. 분명, 지능은 인간의 인성을 구성하는 중요한 요소이지만, 어느 사람의 인성은 지능만으로 정의되는 것이 아니다. 지능의 작동방식이 정서적 측면과 통합되면서 특정한 색깔을 지닌 인간이 되는 것이다.

인격(성) = 지적 특성 +정서적 특성

인간의 모든 판단과 행동은 결국 자기 자신의 감수성, 사고, 의무, 지적능력 등의 종합적 결과이며, 외부의 영향력은 사실 사소하고, 간접적이다. 똑같은 사건을 경험한 뒤에도 개인에 따라 그 영향력과 중요성을 달리 판단하는 이유는 무엇일까? 인간은 저마다 피부 속에 쌓여있는 동시에 자신의 의식 속에 갇혀 있으며, 여기서 벗어날 수 없다. 외부의 환경적 작용은 그때그때 변하기 마련이지만, 우리의 내적인 면은 대체로 변하지 않는다. 그러므로 인간은 외부의 영향으로 여러 가지 변화를 겪더라도 언제나 같은 특징을 갖게 된다. 가장 중요한 것은 언제나 자기 자신 속에 깃들어있다. 이를 개성이라고도 표현할 수 있을 것이다.

그리고 각자 개성을 갖는 인간은 서로 자신의 개성적 범위 내에서 상대방을 평가하고 대할 수밖에 없다. 영재들이 보통의 아이들과 자연스럽게 융화되지 못하고 겉도는 이유이기도 하다. 지능과 마찬가지로 영재의 타고난 정서적 특징은 개성을 구축하게 될 강력한 요소다.

영재의 정서적 특성이 아닌 인지적 특성만 따로 한정해서 놓고 보더라도 IQ만으로 영재를 판별하는 것은 무리다. 만약 IQ만으로 영재 여부를 판별한다면 다음과 같은 문제에 봉착하게 될 것이다.

첫째, IQ 테스트는 기억, 수리, 이해, 언어, 추리 등 학문적인 지적능력들을 주로 측정할 뿐이며, 창의성을 비롯한 그 외의 지능은 측정되지 않는다(IQ와 창의성은 별개의 능력으로 간주된다). 측정된 지능 일부가 뛰어나다고 해서 다른 지능이 반드시 뛰어난 것은 아니다. 때문에, IQ만으로 영재를 판별하는 것은 마치, 키와 신발 치수가 강한 상관관계를 보인다고 해서 신발 치수를 기준으로 농구 선수를 뽑는 것처럼 우스꽝스러운 이치일 수 있다. IQ가 영재를 판별하는 절대적 기준으로 활용될 경우, IQ가 평범하지만 실제로는 뛰어난 재능을 갖춘 아이들이 영재 교육 대상에서 주목받지 못하고 적절한 수준의 교육을 받지 못하게 될 것이다.

둘째, IQ로 영재를 판별할 수 있다고 해도 그 기준이 항상 절대적으로 통용될 수 있는 것은 아니다. IQ 130 이상인 상위 2.2%까지를 영재의 범위로 선을 긋는다면, 상위 5%에 해당하는 IQ를 보유한 아이는 영재가 아닌가? 학자에 따라 5%까지를 영재로 보기도 한다. IQ는 110으로 다소 평범한 수준이지만 창의성이 우수하고 과제 집착력이 우수한 아이는 영재로 분류될 수 없는 것일까?

따라서, IQ를 절대적 기준으로 삼아 영재 여부를 단정하는 것은 바람직하지 않다.

물론, IQ 검사가 지능 자체를 측정하는 수단으로서 전혀 무의미하다고 주장하는 것은 아니다. 최소한 영재 판별에 있어 참고 자료로 활용될 가치는 있다. IQ가 높다는 것은 그 자체로 해당 영역을 관장하는 두뇌의 일정 영역이 우수하다는 것을 의미하며 최소한 이 부분에서는 뛰어난 인지적 능력 보유했음을 나타내는 지표가 될 수 있기 때문이다.

IQ가 높은 아이들은 모두 성공했을까?

앞서 소개했듯이, 터먼(Lewis Terman)은 비네의 지능 검사를 개정하여 스탠퍼드–비네 지능 검사를 만들었는데, 이 검사법은 오늘날에도 IQ를 측정하는 대표적인 검사 도구 중 하나로 활용되고 있다. 터먼은 스탠퍼드–비네 지능 검사를 활용해 IQ가 140 이상인 아이들을 가려내어 하나의 집단을 만들었고, 1,500여 명의 아이들로 구성된 이 집단은 터마이츠(termites)로 불리게 되었다. 터먼은 훗날 이들 중 위대한 천재가 탄생할 것이라 확신했다.

터먼은 IQ로 천재를 예측할 수 있다는 것을 증명해 보이고 싶어 했다. IQ라는 도구를 통해 미래에 천재가 될 존재들을 선별하고 이들에게 적절한 조기 교육을 제공할 수 있다면 국가의 발전에 지대한 이바지할 수 있을 것이라 기대한 것이다.

하지만 20년이 넘게 이 아이들을 관찰한 실험의 결과는 결코 성공적이지 못했다. 그가 증명해낸 사실은 IQ가 천재를 판별하는 수단으로써 한계가 많다는 점뿐이었다. 터먼이 선발한 아이들 가운데 훗날 노벨상이나 퓰리처상을 받은 천재는 없었고, 국제적으로 명성을 떨친 존재는 소수에 불과했다. 반면, 터먼의 지능 검사에서 IQ 140에 미치지 못한 아이 중에 노벨 물리학상 수상자가 2명이나 나오게 된다. 결국, 노벨 물리학상을 받은 루이스 엘버레즈(Luis Alvarez), 윌리엄 쇼클리(William Shockley)의 천재성을 측정하는 데 실패한 것이다.

터먼이 "적당한 재능은 기존의 방식을 모방하고, 천재는 새로운 방법을 창안한다."라는 말을 남긴 것으로 볼 때 그 역시 천재의 가장 중요한 본질은 창조성에 있다고 여겼음이 분명하다. 하지만 IQ가 지능뿐만 아니라 창조성까지 반영한다는 그의 가정에 문제가 있었다. 터먼은 IQ가 언어, 수학, 논리적 능력뿐만 아니라 창의성을 비롯한 다양한 지적능력을 대변해 줄 수 있다고 생각했지만, IQ 검사는 천재의 상상력을 비롯한 창조적 요소, 열정, 노력의 지속성, 과감성 등 좀 더 까다로운 자질까지 측정해낼 수는 없었다.

IQ가 높으면 학습이나 성공에 유리하지만, 그것이 삶의 근본적인 문제를 해결해 주지는 못한다. 지능보다 중요한 것은 자신의 인생에 대해 심오한 질문을 던질 줄 알고, 존재론적 의미, 삶의 근원적 가치에 대해 뚜렷하게 인지하고 추구하는 것이다. 좀 더 가치 있고 적절한 목표를 향해 나아가며, 세상의 보편적 기준에 어긋나더라도 자신이 세운 삶의 가치에 따라 사는 것이 창조성과 관련이 있다. 이러한 능력은 단순히 암기력이 뛰어나다고 해서, 숫자의 배열에서 규칙성을 빨리 찾아낸다고 해서 발휘할 수 있는 것이 아니다. 제아무리 10자리 수 곱셈을 막힘없이 해내는 사람일지라도 세상이 정해준 각본을 자신의 정체성으로 알고 살아가는 사람에게서는 위대한 결과를 기대하기 어렵다.

결과적으로, 터먼이 측정한 것은 천재가 아니라 지능이었을 뿐이다. 천재 현상은 단지 높은 지능만으로 설명할 수 없는 복잡한 현상이다. 지능이라는 요소는 천재를 구성하는 중요 요소이기는 하지만 여러 요소 중 하나에 불과하다. 천재는 대부분 높은 지능을 가졌다는 점에서 IQ를 기준으로 천재를 측정하려고 했던 터먼의 연구는 나름 합리적인 것이었지만 지능이 높다고 해서 천재인 것은 아니며, 오히려 천재 중에는 다소 평범한 IQ를 지니는 예도 있었다. 결국, 터먼은 천재와 고지능자(높은 IQ)가 같지 않다는 사실을 받아들여야만 했다. 이후 터먼은 IQ를 논함에 있어 '천재'라는 단어를 사용하지 않았다.

04

가드너의 다중지능이론

물고기가 나무를 얼마나 잘 타고 오르는지로 물고기의 능력을 판단한다면, 그 사람은 평생 자기가 쓸모없다고 생각하며 살 것이다.

–아인슈타인–

우리가 살펴볼 다른 측면은 다중지능 이론이다. 인간의 지능을 논할 때 보통 IQ라는 것이 자주 언급되지만, IQ만으로는 인간의 모든 지능을 측정해낼 수 없었고, 이 문제를 지적하면서 등장한 것이 바로 다중지능 이론이다.

하워드 가드너는 어떤 분야에서 성공하기 위해서는 언어지능이나 논리 수학 지능만이 영향을 주는 게 아닌데도 불구하고

IQ 검사가 두 지능만을 지나치게 강조하고 있다는 사실을 비판하였다. 전통적인 지능 검사가 논리 수학 지능, 언어지능만 측정하고 다른 지능은 제대로 측정하지 못한다는 점을 분명하게 지적한 것이다. 이에 따라 하워드 가드너는 지능을 8가지(음악적 지능, 신체 운동 지능, 논리 수학적 지능, 언어적 지능, 공간적 지능, 대인관계 지능, 자기 이해 지능, 자연탐구 지능)로 구분하고, 각 영역은 서로 독립적이어서 영향을 끼치지 않는다고 주장하였다. 독립적이라는 의미는 어느 한 분야의 지능이 우수하다고 해서 다른 분야의 지능까지 우수함을 보장하진 않는다는 것이다. 이를 다중지능 이론이라 한다. IQ가 평범하여 범재로 취급되던 아이들의 숨겨진 영재성을 발굴하고 성장시켜 줄 수 있는 계기가 되었다는 점에서 의의가 있다. 20세기의 미술을 이끈 독창성의 천재 피카소의 IQ는 얼마나 높았을까? 분명한 점은 피카소는 수학을 못 했으며 10살 때 자퇴가 아닌 퇴학을 당했다는 점이다. 마찬가지로 모차르트의 절대 음감이나, 올림픽 금메달리스트들의 신체 운동 지능은 전통적인 IQ 검사만으로는 측정될 수 없는 영역에 속한다. 이러한 점을 고려해 볼 때 아이의 영재성을 발굴하기 위해서는 인지 능력 위주의 지능 검사뿐만 아니라 다양한 분야의 소질을 점검해 보아야 할 것이다.

IQ와 다중지능

구분	IQ	다중지능
주창자	알프레드 비네	하워드 가드너
탄생 시기	1905년	1983년
탄생 배경	정신지체아 선별	IQ와 같은 단일 지능에 대한 비판
측정대상	기억력, 이해력, 추리력, 계산력	음악적 지능, 신체 운동 지능, 논리 수학적 지능, 언어적 지능, 공간적 지능, 대인관계 지능, 자기이해 지능, 자연탐구 지능
특징	사회적, 정서적인 능력 측정 불가, 지능 서열화에 따른 부작용 유발	인간의 지적능력에 대한 폭넓은 이해 개인의 특성에 맞는 다양한 지적능력 개발

다중지능의 구성

언어지능

언어지능이 높은 아이는 다른 아이들보다 말을 빨리 배우며 글자를 통해 지식을 얻는 것을 좋아한다. 특히 '언어' 라는 것은 지식을 습득하는 가장 보편적인 수단이 되므로 언어지능이 높은 아이는 학업성적이 우수할 가능성이 크다. 언어적 지능이 높은 사람들은 일상에서 자신의 의사를 효과적으로 전달하며, 일정 수준 이상의 지식과 경험을 축적하고 나면 지식인으로서 능변가가 되거나, 작가로서 두각을 나타낼 수 있다. 대표적 인물로 헤밍웨이, 니체, 셰익스피어가 있다.

논리 수학 지능

논리 수학 지능은 기존 지능의 핵심으로 간주해 왔으며, 전통적 IQ 검사 방식으로 측정되던 지능과 밀접한 관련이 있다. 논리 수학 지능이 높은 아이는 복잡한 추론 과정을 빠른 속도로 해결하며 수학이나 과학 등 체계적 학문에서 두각을 드러낼 가능성이 크다. 전화번호나 차량번호를 남들에 비해 쉽게 기억하고 암산을 정확하게 해내는 등 숫자에 기민한 모습을 보인다. 수학을 비롯한 논리력을 요구하는 재능은 그 가치가 높게 평가될 뿐만 아니라 객관적인 평가가 쉬워 쉽게 발견되므로 진로 선택에 결정적 영향을 미친다. 대표적 인물로 아인슈타인, 이휘소, 스티븐 호킹이 있다.

신체 운동 지능

신체 운동 지능이 우수한 아이는 자기 생각이나 느낌을 언어나 그림보다는 동작으로 표현하는 능력이 탁월하다. 보통 아이들이 따라 하기 어려워하는 복잡한 몸동작이나 리듬을 쉽게 따라 하며 쉽게 기억한다. 특히 급격한 변수 상황에서도 어떻게 반사적인 행동을 해야 하는지에 대해 탁월한 감각을 타고나 스턴트맨, 농구 선수, 축구 선수, 연극배우로서 두각을 나타낼 수 있다. 대표적 인물로는 박지성. 김연아, 타이거 우즈가 있다.

음악 지능

음악적 지능이 우수한 아이는 소리, 진동, 리듬에 민감하고 사람의 언어적 형태의 소리뿐 아니라 비언어적 소리에도 민감하게 반응한다. 음감이 뛰어나 소리를 잘 구분하고, 다양한 소리를 자신이 원하는 형태로 융합하고 재구성하는 능력이 뛰어나 작곡가나 연주자로서 두각을 드러낼 수 있다. 대표적 인물로는 베토벤, 모차르트가 있다.

공간 지능

공간 지능은 세계를 시공간적으로 정확하게 인지하는 능력과 관련이 있어 미술가, 건축가, 디자이너, 비행기 조종사로서의 재능과 관련이 깊다. 공간지능이 높은 아이들은 형태가 복잡한 퍼즐이나, 조립식 장난감, 큐브 등을 빠르게 완성해내며 바둑, 장기, 체스 등 마인드 스포츠에 강하다. 대표적 인물로는 피카소, 가우디, 월트 디즈니가 있다.

자연 탐구 지능

자연 탐구 지능은 다중지능 이론의 구성에서 비교적 최근에 추가된 것으로, 자연현상에 대해 유형을 규정하고 동식물의 형태와 특성 등을 잘 분류해내는 능력을 말한다. 자연 탐구 지능이 높은 사람은 자연의 변수 속에서 위험을 쉽게 감지하며, 동식물의 미묘한 생김새를 명확하게 구분해낼 수 있다. 우리 일상에서 애완동물이나 식물을 기르는 방법을 따로 배우지 않았음에도 그 요령을 스스로 쉽게 터득하는 사람들은 자연 탐구 지능이 높다고 할 수 있다. 대표적 인물로는 다윈, 파브르, 윤무부가 있다.

인간 친화 지능

인간 친화 지능은 전통적 지능 검사 방식으로는 전혀 측정할 수 없는 지능으로 유명하다.
인간 친화 지능은 타인의 감정, 기분, 의향 등을 잘 이해하고 타인의 표정, 몸짓, 음성 등에서 나타나는 사회적 신호를 쉽게 변별해내며 효율적으로 대처할 수 있는 능력과 관련이 높으므로 다른 특별한 재능이 없더라도 정서적으로 안정된 형태의 삶을 누릴 여지가 크다. 인간 친화 지능이 높으면 타인의 감정이 상하지 않는 방식으로 자신의 의견을 적절하게 표현하고 관철하는 능력이 우수하기에 상담가, 정치인, 사업가로서 성공하기 유리하다. 대표적 인물로는 링컨, 헬렌 켈러, 데일 카네기가 있다.

자기 성찰 지능

자기 성찰 지능은 인간 친화 지능과 유사한 특성을 보였지만, 외부의 기준보다는 자신의 내면에 좀 더 초점을 두고 있다. 자기 성찰 지능이 높은 사람은 자존감이 강하고 스스로 정서적 안정을 유지하는 능력이 탁월하다는 점에서 자기충족적 능력이 우수하다. 자신의 잘못을 비교적 명확하게 판단할 줄 알며 자기 관리 능력이 우수하다는 점에서 안정된 인간관계를 형성하기 유리하다. 대표적 인물로는 프로이트, 아들러 같은 심리학자나 법륜스님 등 종교 지도자가 있다.

다중지능이라는 것은 실체가 있는가?

인간이 발휘할 수 있는 모든 능력이 '지능'의 한 종류로서 인정받을 수 있는 것은 아니다. 예를 들어 컴퓨터 활용능력이 매우 우수하다고 해서 그 능력 자체를 '컴퓨터 활용 지능'이라고 명명할 수는 없는 노릇이다. 컴퓨터를 잘 활용할 줄 아는 것도 분명 인간의 지능이 작용한 결과이겠지만 그 능력 자체를 한 종류의 지능으로 분류할 수는 없다는 얘기다. 우리가 어떠한 재능을 지능의 한 종류로서 받아들이기 위해서는 실제로 그 지능을 담당하는 부위가 두뇌에 존재해야 하며 실험 연구를 통해 검증될 수 있어야 한다(수준 차이가 있을 것, 인간이 보편적으로 겪는 발달 과정일 것, 진화적 특징을 가질 것, 상징체계가 있을 것 등이 요구된다).

가드너는 인간의 수많은 재능 중 이러한 조건에 합치되는 경우만 채택해 최종적으로 다중지능을 정리하였다.

지능의 종류	두뇌의 해당 부위
언어 지능	좌측두엽, 전두엽
논리 수학 지능	두정엽 좌측, 우반구
신체 운동 지능	소뇌, 운동피질, 기저핵
음악 지능	우측두엽
공간 지능	우반구의 후반구
인간 친화 지능	전두엽, 측두엽, 변연계
자기 성찰 지능	전두엽, 두정엽, 변연계

＊ 자연 탐구 지능은 가장 최근에 발견된 지능이라 연구가 충분히 되지 않은 상태이다. 하지만 자연 탐구 지능은 지능의 한 종류로서 인정받는 데 필요한 여러 조건을 충족하기 때문에 두뇌의 어느 부위와 연관이 있는지 곧 밝혀질 것이다.

05

아이의 강점 지능과 약점 지능을 알아보자

다중지능 체크리스트

〈언어영역〉

1.이야기나 동요, 동시, 역사적인 사실, 다른 일상적인 일 등을 쉽게 기억한다.

(1)전혀 그렇지 않다. (2)별로 그렇지 않다. (3)보통이다. (4)대체로 그렇다. (5)매우 그렇다.

2. 상황에 적절한 어휘를 사용하여 조리있게 말하는 편이다.

(1)전혀 그렇지 않다. (2)별로 그렇지 않다. (3)보통이다. (4)대체로 그렇다. (5)매우 그렇다.

3. 또래보다는 자신보다 나이가 많은 아이들과 이야기하는 것을 더 좋아한다.

(1)전혀 그렇지 않다. (2)별로 그렇지 않다. (3)보통이다. (4)대체로 그렇다. (5)매우 그렇다.

4. 어느 장소에 가더라도 책을 찾아서 읽는다.

(1)전혀 그렇지 않다. (2)별로 그렇지 않다. (3)보통이다. (4)대체로 그렇다. (5)매우 그렇다.

5. 어른과의 대화에서도 상당히 의미 있게 주제를 전개한다.

(1)전혀 그렇지 않다. (2)별로 그렇지 않다. (3)보통이다. (4)대체로 그렇다. (5)매우 그렇다.

〈논리-수학 영역〉

6. 한번 풀기 시작한 문제는 끝까지 풀어내려고 노력한다.

(1)전혀 그렇지 않다. (2)별로 그렇지 않다. (3)보통이다. (4)대체로 그렇다. (5)매우 그렇다.

7. 수리적 개념을 쉽게 이해한다.

(1)전혀 그렇지 않다. (2)별로 그렇지 않다. (3)보통이다. (4)대체로 그렇다. (5)매우 그렇다.

8. 물건의 작동원리나 자연의 이치에 대해 질문을 많이 한다.

(1)전혀 그렇지 않다. (2)별로 그렇지 않다. (3)보통이다. (4)대체로 그렇다. (5)매우 그렇다.

9. 블럭이나 장난감을 가지고 놀 때 원인과 결과를 찾는 것을 즐긴다.

(1)전혀 그렇지 않다. (2)별로 그렇지 않다. (3)보통이다. (4)대체로 그렇다. (5)매우 그렇다.

10. 패턴이나 규칙을 찾아내려고 애쓴다.

(1)전혀 그렇지 않다. (2)별로 그렇지 않다. (3)보통이다. (4)대체로 그렇다. (5)매우 그렇다.

〈공간영역〉

11. 그림 그리기나 물감놀이를 즐긴다.

(1)전혀 그렇지 않다. (2)별로 그렇지 않다. (3)보통이다. (4)대체로 그렇다. (5)매우 그렇다.

12. 퍼즐이나 장난감들을 분해하고 다시 끼워 맞추기를 좋아한다.

(1)전혀 그렇지 않다. (2)별로 그렇지 않다. (3)보통이다. (4)대체로 그렇다. (5)매우 그렇다.

13. 레고나 블록 쌓기, 또는 모래성 쌓기를 즐긴다.

(1)전혀 그렇지 않다. (2)별로 그렇지 않다. (3)보통이다. (4)대체로 그렇다. (5)매우 그렇다.

14. 길을 잘 찾고 방향감각이 뛰어나다.

(1)전혀 그렇지 않다. (2)별로 그렇지 않다. (3)보통이다. (4)대체로 그렇다. (5)매우 그렇다.

15. 동화책을 볼 때 그림에 더 관심이 많다.

(1)전혀 그렇지 않다. (2)별로 그렇지 않다. (3)보통이다. (4)대체로 그렇다. (5)매우 그렇다.

〈신체-운동영역〉

16. 걷기를 일찍 시작한다.

(1)전혀 그렇지 않다. (2)별로 그렇지 않다. (3)보통이다. (4)대
체로 그렇다. (5)매우 그렇다.

17. 찰흙 놀이, 가위질하기 등을 즐긴다.

(1)전혀 그렇지 않다. (2)별로 그렇지 않다. (3)보통이다. (4)대
체로 그렇다. (5)매우 그렇다.

18. 여러 가지 운동을 잘 한다.

(1)전혀 그렇지 않다. (2)별로 그렇지 않다. (3)보통이다. (4)대
체로 그렇다. (5)매우 그렇다.

19. 무용, 발레, 체조와 같은 신체적 활동을 즐긴다.

(1)전혀 그렇지 않다. (2)별로 그렇지 않다. (3)보통이다. (4)대
체로 그렇다. (5)매우 그렇다.

20. 연극이나 인형극 놀이를 즐긴다.

(1)전혀 그렇지 않다. (2)별로 그렇지 않다. (3)보통이다. (4)대

체로 그렇다. (5)매우 그렇다.

〈음악 영역〉

21. 장난감이나 가구, 부엌용품으로 리듬 있게 소리내기를 즐긴다.

(1)전혀 그렇지 않다. (2)별로 그렇지 않다. (3)보통이다. (4)대체로 그렇다. (5)매우 그렇다.

22. 좋아하는 노래를 녹음해 놓고 듣기를 즐긴다.

(1)전혀 그렇지 않다. (2)별로 그렇지 않다. (3)보통이다. (4)대체로 그렇다. (5)매우 그렇다.

23. 혼자서 노래를 만들어 부르기를 즐긴다.

(1)전혀 그렇지 않다. (2)별로 그렇지 않다. (3)보통이다. (4)대체로 그렇다. (5)매우 그렇다.

24. 음악이 나오면 즐거워하고 멜로디, 리듬 등을 쉽게 기억하여 노래나 악기로 재현해 낸다.

(1)전혀 그렇지 않다. (2)별로 그렇지 않다. (3)보통이다. (4)대

체로 그렇다. (5)매우 그렇다.

25 .여러 가지 소리를 잘 구별한다.

(1)전혀 그렇지 않다. (2)별로 그렇지 않다. (3)보통이다. (4)대체로 그렇다. (5)매우 그렇다.

〈대인관계 영역〉

26. 낯선 사람들과 빨리 친해진다.

(1)전혀 그렇지 않다. (2)별로 그렇지 않다. (3)보통이다. (4)대체로 그렇다. (5)매우 그렇다.

27. 친구 간에 의견 충돌이 있을 때 중재하는 역할을 한다.

(1)전혀 그렇지 않다. (2)별로 그렇지 않다. (3)보통이다. (4)대체로 그렇다. (5)매우 그렇다.

28. 또래들 사이에서 지도자 역할을 한다.

(1)전혀 그렇지 않다. (2)별로 그렇지 않다. (3)보통이다. (4)대체로 그렇다. (5)매우 그렇다.

29. 다른 사람이 좋아하고 싫어하는 것에 대해 잘 알고 있다.

(1)전혀 그렇지 않다. (2)별로 그렇지 않다. (3)보통이다. (4)대체로 그렇다. (5)매우 그렇다.

30. 다른 사람의 감정을 잘 파악한다.

(1)전혀 그렇지 않다. (2)별로 그렇지 않다. (3)보통이다. (4)대체로 그렇다. (5)매우 그렇다.

〈개인적 통찰 영역〉

31. 자립심이 강하다.

(1)전혀 그렇지 않다. (2)별로 그렇지 않다. (3)보통이다. (4)대체로 그렇다. (5)매우 그렇다.

32. 혼자서 하는 놀이나 취미가 많다.

(1)전혀 그렇지 않다. (2)별로 그렇지 않다. (3)보통이다. (4)대체로 그렇다. (5)매우 그렇다.

33. 주변에서 일어나는 일에 대해 많이 생각한다.

(1)전혀 그렇지 않다. (2)별로 그렇지 않다. (3)보통이다. (4)대

체로 그렇다. (5)매우 그렇다.

34. 종교나 심미적인 것에 관심이 많다.

(1)전혀 그렇지 않다. (2)별로 그렇지 않다. (3)보통이다. (4)대
체로 그렇다. (5)매우 그렇다.

35. 자신의 장점과 단점을 정확히 파악하고 있다.

(1)전혀 그렇지 않다. (2)별로 그렇지 않다. (3)보통이다. (4)대
체로 그렇다. (5)매우 그렇다.

한국교육개발원 영재교육연구원

＊ 대상은 초등학교 저학년까지며, 항목마다 1점에서 5점까지 점수를
매기되 영역별로 합산 점수가 17점 이상이면 그 분야에 대해 영재 검
사를 받아 볼 필요가 있다.
각 영역에서 반드시 하나 이상은 5점이 나와야 영재일 가능성이 크다.

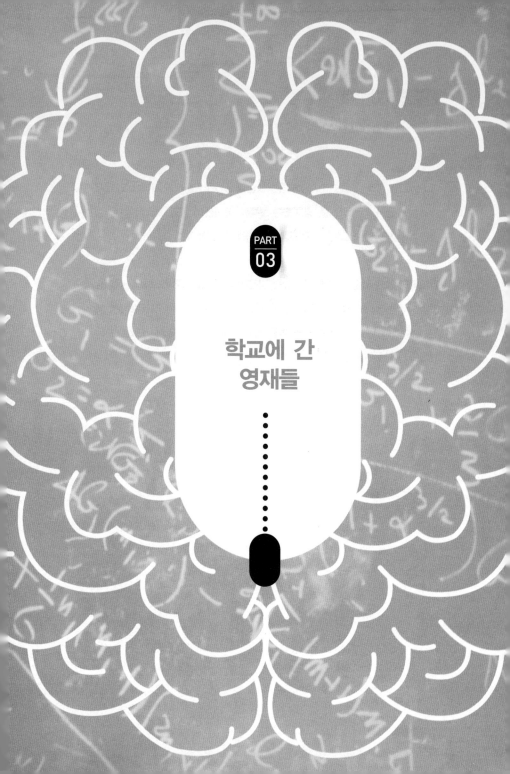

PART
03

학교에 간
영재들

영재들은

학교에서 어떠한 모습을 하고 있을까? 지적으로 앞서 나가는 영재들은 보통의 아이들과 학교 시스템에 잘 적응할 수 있을까? 학교는 영재들을 잘 알아볼 수 있을까?

영재성이 높은 학업성적을 보장하는 것은 아니다. 영재성이 오히려 학교생활의 부적응을 초래할 수도 있다. 분명히 명석한 두뇌로 부모를 놀라게 했지만, 학교에 진학한 후 문제 행동을 보이는 아이 중에 영재가 있을 수도 있으니 알아두기 바란다.

01

교육의 사각지대

아이들은 유치원부터 자신이 속한 집단의 평균적인 행동과 지
적 수준을 요구받으며, 평균적인 발달 속도에 맞추어진 교육
과정을 수료하게 된다.

결국, 평균 이상의 능력을 갖춘 영재아는 잔혹한 지적 황무지
에 갇혀 있는 셈이다.

– 가필드(Garfield, 1980)

학교에는 다양한 유형의 학생들이 존재하지만,
지적인 측면에서 그 유형을 세 가지로 분류하자면 평범한 학
생, 지적 장애가 있는 학생, 영재성을 지닌 학생으로 나뉜다.
여기서 평범한 학생이란 말 그대로 학교에서 수용하기에 가장
무난한 아이를 말한다. 이러한 아이들은 교육을 받는 전체 학

생 중 90% 이상을 차지한다. 차지하는 비중이 큰 만큼 대부분의 교육 과정이 이들의 발달 기준에 맞춰서 프로그래밍이 되어있다. 반면 인지적인 측면에서 장애를 갖는 학생들은 보통 학생들이 받는 정규 교육 과정을 따라가기도 벅차므로, 특수 교육의 대상이 된다. 일반인보다 배움에 있어 어려움을 겪는 이들은 가시적으로 눈에 띄기도 쉽고 사회적 도움이 필요하다는 공감도 얻기 쉽기에 교육적, 제도적 차원의 배려를 기대할 수 있다.

하지만 영재 아동은 교육의 주류에서 벗어나 있다. 영재에 대한 사회의 인식은 타고난 재능이 매우 우수한 존재로서 특별한 교육적 차원의 지원 없이도 혼자서 잘해나갈 것이라는 기대가 반영되어 있기 때문이다. 뛰어나기 때문에 쉽고 지루한 수업을 들어야 하는 영재들보다야 정규 수업을 따라가지 못하는 장애아들에 대한 배려가 더 절실해 보이는 것이 사실이다. 또한, 재능이 우수한 영재들을 대상으로 특별한 제도적 차원의 혜택을 주는 것은 다소 엘리트주의적인 느낌을 주는 것도 사실이다. 그 때문에 영재들은 주류를 이루는 일반 학생들과 지적 부진아들 사이에서 우선순위에서 밀려나게 된다.

하지만 영재는 뛰어나기 때문에 그대로 그냥 방치해도 되는 것일까? 영재들이 자기 눈높이에 맞지 않는 교육을 지속해서 받게 되면 어떻게 될까? 영재들은 보통 아이들보다 글을 빨리 배우고 특정한 분야에 대해서는 또래들을 압도할 수 있다. 보통 아이들이 5번 정도 설명을 들어야 이해할 수 있는 것들을 영재들은 1~2번만 듣고도 이해할 수 있다. 이러한 영재들에게 있어 수업 시간은 너무나 지루할 수밖에 없다. 다른 아이들을 항상 기다려야 하기 때문이다. 그래서 수업 시간 도중 자주 공상에 빠지거나 교과서에 낙서하다 선생님께 지적을 당하기도 한다. 그렇다고 해서 영재들의 학교성적이 그렇게 나쁜 것도 아니다. 수업 시간에 집중하지 않고 산만한 모습을 보임에도 수업을 착실하게 집중해서 들은 아이들과 비교해 나쁘지 않은 점수가 나온다. 그 때문에 부모들은 아이에 대해 별다른 걱정을 하지 않는다. 하지만 이러한 상황이 지속된다면 영재들은 장기적으로 학교와 공부에 대해 흥미를 잃을 수도 있으며, 교사들에게는 '영재'는커녕 수업에 열정이 없고 불성실한 아이로 억울한 낙인이 찍힐 수 있다. 사람들은 영재라고 하면 학업성적이 우수할 뿐만 아니라 수업 시간에도 대단히 열정적일 것이라는 기대가 있기 마련이고, 이것은 교사도 마찬가지다. 하지만 현실 속의 영재가 꼭 우리의 이상과 일치하는 것은 아니다.

학생마다 과목별 학습 능력이 다르고 성취도 역시 다르다. 이러한 차이를 무시하고 획일적 평등에 모든 아이를 끼워 맞추고 같은 학교에서 같은 진도에 따라 학습하게 만드는 것은 보편성에서 벗어난 아이들을 지식의 황무지에 가두는 것이다. 영재들의 지적 욕구 충족을 위해서는 적절한 속진과 심화학습이 필요하며, 영재교육 기관을 활용하는 것도 좋은 방법에 해당한다.

월반과 조기입학

속진이란 단순히 진도를 빨리 나가는 것이 아니라 학생들이 자신들의 학습 속도로 학습할 수 있도록 해준다는 것을 의미한다. '조기입학'이나 '월반'처럼 아이를 상급 학년에 배치하는 프로그램을 예로 들 수 있다.

월반은 월등한 학업 성취도를 지닌 아이들이 원래 거쳐야 하는 학년을 뛰어넘는 행위를 말한다. 예를 들면, 원래 3학년이어야 하는 아이가 3학년을 건너뛰어 4학년으로 가는 식이다.

영재 및 재능아들의 월반은 대단히 비용-효과적이어서 적은 비용으로도 아이의 지적 욕구를 충족시켜 줄 수 있는 효과가 있다. 월반은 흔히 초등학교 과정에서 이루어지지만, 그 이상의 학년에서도 가능하다. 물론, 동료들과의 적응에 문제가 생기지 않을까 하는 염려가 있을 수 있다(이것은 주로 월반에 대해 부정적인 경험을 한 교사들의 견해다). 초등학교 저학년의 경우 단지 '1~2년'의 차이로도 학생들 간 신체적 격차가 크게 벌어지며, 상급생들 관점에서 볼 때 자신과 같은 수업을 받는 아이를 같은 또래로 대해줄지도 의문이다. 하지만, 아이의 높은 지적능력을 고려한다면 그래도 월반은 필요하며, 아이는 매우 지루한 수업으로부터 자유로워지고, 자기가 원하는 보다 높은 수준의 지적활동을 보장받는 혜택을 누릴 수 있게 된다. 월반을 한다고 해서 꼭 아이의 사회성에 문제가 생기는 것도 아니다. 적응에는 신체적 차이보다 정신적 연령의 차이가 더 중요하게 작용하며, 어린아이들의 경우 1~2년 차이만으로도 정신적인 성숙도에 매우 큰 차이가 생기기 때문에 오히려 영재아 입장에서는 자신보다 1학년 높은 학생들과 어울리는 것이 자신의 정신적 발달 수준에도 부합하고 사회성 발달에 유리할 수 있다.

물론, 교사는 월반한 영재 아동의 지적, 사회적 적응 상태를 지속적으로 파악해서 잘 적응할 수 있도록 도움을 주어야 할 것이다.

월반 제도는 아이의 지적 능력에 맞게 보다 상급 학년에서 공부할 수 있게 해주는 제도이지만, 현실적으로 필자는 월반보다 조기입학을 더 추천한다. 월반은 현실적으로 매우 어렵기 때문이다.

월반은 좋은 제도이지만 말처럼 쉽지 않다. 월반을 하려면 상당히 높은 수준의 여러 조건을 만족 시켜야만 한다. 해당 학년에서의 학업 성취도가 거의 100%에 육박해야 하며, 담임교사가 아이의 월반에 대해 대단히 우호적인 태도를 지녀야 함은 물론이다. 영재아가 특정분야에 뛰어난 성취를 보일 수는 있지만 그것이 꼭 가시적인 학업성취도로 이어지지 않을 수 있고, 아이 특유의 창의성이 교사에겐 부정적으로 해석될 수도 있는 문제다. 행정적인 절차 역시 매우 복잡하기 때문에(교육청에서 월반을 조건으로 1년간의 관찰기간을 두는 등 더욱 까다로운 조건을 요구할 수 있다.), 학교나 담임교사의 입장에서는 대단히 부담이 될 수도 있다. 학교라는 조직도 일단 입학을 하게 되면 행정적으로는 상당히 보수적일 수밖에 없으며 예외적인 사례를 만드는 것을 별로 좋아하지 않는다.

이에 비해 조기입학은 매우 쉽다. 1~2년 정도 조기입학을 할 수 있는 타이밍에 맞춰 해당 지역 주민센터에서 취학통지서를 요구하는 신청서를 쓰면 자연스럽게 조기입학이 가능해진다. 월반은 절차가 상당히 까다롭기 때문에, 아이가 자신의 지적 수준에 부합하는 수업을 받게 하기 위해서는 조기입학이 현실적으로 더 권장된다.

물론, 진학 전에 부모가 해야 할 일은 현재 아이의 지적 발달 수준이 어느 정도인지, 어느 분야에 영재성이 있는지, 지능지수가 어느 정도인지를 미리 파악하는 것이다. 아이의 지적 수준을 고려하지 않고 무분별하게 조기입학이나 월반 등 선행학습을 계획하는 것은 좋지 않다.

02

교사는 창의적인 학생보다
공부 잘하는 학생을 더 선호한다

터먼(Lewis Terman)이 연구대상으로 선발한 영재 아동들은 사회적으로 잘 적응하는 모습을 보였다. IQ를 비롯한 인지적 능력과 학업성적이 우수한 편이었으며 정서적, 정신적인 면도 양호하였다. 우리가 생각하는 이상적인 모습의 영재들이라 할 만하다. 하지만 터먼의 연구대상에 선발된 영재 아동들의 경우 이미 학교에 잘 적응하고 학업성적이 우수하여 교사에게 영재로 지목된 학생들이 주류를 이룬다는 점에서 연구의 한계가 있다.

교사들은 대부분 영재가 아니었다는 점에 주목할 필요가 있다. 교사는 대부분 공부 잘하는 학습 우수학생 출신으로서 공부 잘하는 학생들에게서 동질감을 느낀다. 교사들은 그들을 더 잘 이해할 수 있으며, 통제할 수 있다. 교사는 자신과 유사한 학생을 만날 때 그 학생의 재능을 더 잘 이해할 수 있고 더 잘 이끌어 줄 수 있다. 교사는 창의적이고 자기가 관심 있는 분야에만 몰두하는 학생보다는 균형 잡힌 우수성을 바탕으로 아이들과 원만하게 지내며, 학업성적이 우수하고 자기의 말을 잘 따르는 모범생들을 영재로 추천하는 경우가 많다. 대부분 학습 우수학생 출신이었던 교사들은 영재성을 공부 잘하는 것과 곧 동의어로 생각하는 경향이 있다. 하지만 창의적인 학생은 다수의 일반 학생과 비교하여, 튀기 십상이고 교사의 지시와 통제, 학교의 규칙을 잘 따르는 모범생이 아니다. 이들은 타인의 생각, 가치관, 기대에 부응하는 것보다 자신의 신념, 쾌락에 더 집중하며, 자기가 원하는 일에만 극단적으로 몰입하는 경향이 짙다. 학교든, 사회든 조직 생활에 잘 적응하지 못하는 괴짜나 아웃사이더들이 많다.

모든 영재는 각자의 방식에서 뛰어난 존재다. 꼭 세상에 통용되는 '보편적 기준'에서만 뛰어난 것은 아니다. 이들은 자신이 흥미를 느끼는 모든 대상에 대해 학습하려는 열린 사고를 하고 있으며, 보통의 아이들이 관심을 가지지 않는 부분이나 평가 대상에서 벗어난 부분들에까지 세세한 관심을 기울이기도 한다. 즉, 일정한 기준에서 이미 성공적인 성취를 보이는 아이들은 영재로서 주목받기가 쉽겠지만, 잠재력은 크나 평가 범위에서 벗어난 아이들의 영재성은 간과되기 쉽다는 이야기다. 물론, 자신의 재능을 발산하는 것이 사회에서 통용되는 주요 평가 기준과 일치하는 축복받은 영재들도 있을 것이지만 영재들의 비범한 사고방식과 높은 창의성이 학교에서 어떠한 모습으로 나타나는지를 살펴본다면 우리가 원하는 이상적인 모습과 다소 차이가 있다는 것을 알 수 있을 것이다.

모범적이고 공부를 잘하는 우등생은 인내력이 강하고 성실하지만, 어떤 면에서는 수용적 사고가 발달해있다. 교사나 부모의 지시를 잘 따르며, 자신의 지적능력을 외부의 평가 기준이나 사회의 요구에 맞게 활용하는 능력이 뛰어나다(대개 IQ 120 정도의 우수아동). 고전적 의미에서의 성공에 가장 무난하게 접근하는 부류에 해당한다. 학교에서 교사의 관심과 사랑을 차지하기 유리한 것은 물론이다. 반면 창의성이 우수한 영재들은 자신의 높은 지적능력을 학교의 획일적 기준에 맞추기보다는 자신들이 흥미와 열정을 느낄 수 있는 곳에만 사용하려는 경향이 강하다. 그 때문에 부모나 교사가 요구하는 과제에 대해서 매우 불성실하고 냉담한 태도를 보일 여지가 있다. 어린 시절부터 지적으로 탁월한 영재들은 학부모나 교사의 지시를 있는 그대로 수용하기보다는 자신의 기준으로 판단하고 논리적으로 이해하려고 한다.

아이의 특정한 행동이 영재 고유의 지적 특성에서 비롯된 것임을 이해하지 못하며 부진한 학업성적만을 근거로 영재 아동에게 문제아라는 딱지를 붙여놓는 교사도 존재한다. '문제아'라는 딱지를 일단 붙여놓으면, 교사로서는 아이의 돌발행동과 불편한 질문에 일일이 대응하지 않아도 될 명분이 생기게 되는 것이다.

기본적으로 학교라는 곳은 '보편적 특성'을 지닌 아이들을 기준으로 시스템에 무난히 적응할 수 있는 사람을 위해 설계되어있음을 간과하지 말아야 한다. 지적인 조숙 상태에 있던 아이나 보통의 우등생들은 점차 성장할수록 평범한 모습을 보이는 것과 달리 영재 아이는 성인이 되어서도 영재만의 독특한 특성은 쉽게 사라지지 않고 남는다. 자신의 우수한 재능을 특정 대상에 지속해서 투여하여 두각을 드러내는 모습을 보이거나, 굉장히 억압된 형태의 삶(사회적 환경이 온전한 몰입을 허용하지 않거나 사회에 부적응할 경우)을 살게 될 가능성이 크다. 영재들은 자신들의 성과를 세상에 드러내기 이전에 먼저, 세상과의 이 질감을 극복해야 하는 과제를 해결해야 한다. 영재의 자아는 요동치고 세상의 질서나 기준이 그대로 프로그래밍 되기 어렵기 때문이다.

한국 사회는 평균과 조화에 높은 가치를 부여한다.

한국 사회는 뒤는 것보다 남들처럼 무난하게 조직에 적응하고, 다른 사람들과 더불어 잘 살 것을 강요한다. 우리는 전체와 조화를 이루는 것, 평균적인 것을 사회적 적응이라고 보며 특수한 가치를 부여한다. 다양한 개성과 특이성을 갖는 사람들을 훈련하여 일정한 코드를 공유하도록 하는 것에 힘을 기울여 왔다. 학교와 사회는 '적응'을 빌미로 틀에 박힌 가치관만을 갖도록 유도했다.

아이들은 창의성, 지적 다양성, 지적 자극 등을 통해 누릴 수 있는 엄청난 성장과 혜택의 기회를 잃어버리고 있다. 전체 영재 중 공식적인 영재교육의 혜택을 받는 경우는 일부에 지나지 않으며, 영재를 위한다는 프로그램도 대부분 영재 아동의 개성과 호기심을 허용하기보다는 집단에서의 적응과 조화가 상대적으로 강조된다.

영재들은 자율성이 보장되는 과제를 선호한다.

영재 아동들은 구조화된 과제보다는 구조화되지 않고 융통성이 요구되는 과제를 좋아한다. 학습에 능동적으로 참여하며 통합된 지각력을 가지고 있다. 또한, 독자적으로 학습하는 것을 선호한다.

이러한 내용으로 두 가지 중요한 점을 지적하면 다음과 같다.

첫째, 영재 학생들이 선호하는 학습조건과 활동에는 개인차가 많다. 따라서 교사들은 영재 아동들이 각각 선호하는 학습양식을 인식하고 있어야 한다.

둘째, 영재 학생들이 선호하는 학습양식을 제공하면 이들의 학업 성취와 학교에 대한 태도는 긍정적으로 향상된다. 학습양식을 평가하기 위한 검사 도구들이 필요하다.

03

공부를 못하는 영재들 : 발산 현상

영재성이 높은 학업성적을 보장하는 것은 아니다. 영재성이 오히려 학교생활의 부적응을 초래할 수도 있다. 분명히 명석한 두뇌로 부모를 놀라게 했지만, 학교에 진학한 후 문제 행동을 보이는 아이 중에 영재가 있을 수도 있으니 알아두기 바란다.

물론 영재들은 기억력이 우수하며, 학습 속도가 빠른 편이다. 다른 사람들이 듣지 못하는 것을 들을 정도로 예민한 청각을 지녔으며, 보통 사람들이 인지하지 못하는 것을 포착할 정도의 예리한 시각도 지녔다. 심지어 아주 오래전에 어떤 사람이 했던 말과 행동을 아주 정확하게 기억하기도 하며, 사람들의 말에서 모순을 짚어 내기도 한다. 하지만, 이렇게 비범한 지적 능력을 타고났음에도 공부를 잘하지 못하는 영재들이 의외로 많다. 멀랜드 보고서(Marland Report, 1972)에 따르면 영재로 판단되는 아이 중 50% 이상의 학생이 학교에서 평균 성적도 내지 못하고 있다고 지적한다. 그냥 평범한 수준의 성적을 받는 예도 있으며 심지어 나쁜 성적을 받는 예도 있다. 지능이 높다면 이에 비례하여 학업성적도 우수할 것이라는 게 우리들의 상식이지만 왜 현실의 교육 현장에서는 상식에 어긋나는 일들이 벌어지는 것일까?

이는 IQ가 일정 수준을 넘어가면 오히려 학업성적이 낮아지는 발산 현상과 관련이 있다. 지능 지수와 학업 성취도는 어느 정도 비례하는 모습을 보이지만, 고도 영재급에 해당하는 IQ 145 이상부터는 오히려 학업성적이 낮게 나타나는 경향을 보인다는 것이다. IQ가 상위 1%에 해당함에도 학교 성적이 상위 1%에 미치지 못하는 영재들은 의외로 많은데, 지능 지수는 0.1%에 해당함에도, 학생 수가 그리 많지 않은 학급에서 5등 정도에 그치는 경우도 흔하다. 이런 현상들은 '지능 지수와 학업 성취도 사이에 일어나는 발산 현상'이라고 하며, 이 현상을 처음 지적한 학자는 홀링워스(Leta Hollingworth)다.

홀링워스는 이른바 '최적 지능지수(optimum intelligence)'라는 개념을 도입했다. IQ가 125~145에 있는 아이들은 자신의 재능을 잘 발휘하면서도 다른 범재들과 시스템적으로 적응하는데 별문제가 없다는 것이다. 적정한 수준에서 머리가 똑똑한 이들은 자신의 지능을 최적화하여 공부나 인간관계, 일의 처리 등 다방면에 활용할 수 있다. 이들은 일상생활에 지장이 없을 만큼의 최적 지능지수(IQ 125-145)를 가지고 있다. 즉 IQ가 125 정도 되는 아이 중에는 상대적으로 학교생활에 잘 적응을 하고 공부도 잘하는 아이들이 많지만 145를 넘어가는 고도 영재일수록 적응도가 떨어질 가능성이 크다는 것이다.

이를 두고 고도 영재들이 틀에 박힌 정규 교육 체계에 적응하지 못하여 일어나는 현상으로 보는 학자들이 많다. 고도 영재 아동의 지적 우수성과 남다른 사고방식이 평범한 또래 아이들과 어울리는데 소통의 장벽으로 작용할 수 있으며, 이와 같은 학교생활에서의 부적응이 아이의 정서적 안정을 해치고 학업 성적에 부정적인 결과를 초래하기도 한다는 것이다.

이처럼 잠재된 지적능력에 비하여 낮은 학업 능력을 보이는 영재들을 미성취 영재라 한다. 어떤 사람들은 미성취 영재들처럼 IQ만 높은 부적응아들보다는 학교의 질서에 충실히 따르면서 공부를 열심히 하는 모범생들의 가치를 훨씬 높게 평가하기도 한다. 잠재력만 높고 부 적응하는 학생들보다는 차라리 성실하게 노력하여 높은 성적을 거두는 범재 학생들이 낫다는 것이다. 이러한 논리는 미성취 영재들을 그대로 도태시키는 것을 꽤 그럴듯하게 정당화시켜준다. 하지만 영재들의 가치를 단순히 학업성적으로만 평가할 수는 없다. 이들은 모범생들과는 전혀 다른 가치를 가지고 있으며 학업성적에 반영되지 않는 잠재력을 보유한 예도 많기 때문이다. 학창 시절 열등생이었던 에디슨이나 피카소, 그리고 학교의 획일적 교육에 부적응했던 아인슈타인이 그랬듯 말이다. 학교 시험이라는 것은 학생들이 수업 내용을 얼마나 이해하고 있는지 점검하는 용도에 그칠 뿐이다. 학교 성적은 그 아이가 갖는 지적 잠재력이나 창의성을 파악하는 데는 별로 도움이 되지 못한다. 세상의 근본적 구조와 원리, 존재 이유에 대해 고찰하고 외부의 다양한 대상을 자신만의 기준으로 탐구하는 창의적 영재들보다 당장 외부의 평가 기준을 그대로 받아들이고 교과서에 있는 수학 공식과 역사 연표를 암기하는 학생들이 학업성적은 더 우수할 것이다.

IQ와 학업성적, 어떤 것을 믿어야 할까?

'IQ'와 '학업성적'이 불일치할 경우 무엇을 믿어야 할까? 만약 후천적 요소를 배제한 아이의 잠재력을 말하는 것이라면 IQ를 믿어야 한다는 것이 필자의 생각이다. 학교 성적은 해당 교과 내용을 공부해야만 잘 나올 수 있다. 범위 내에 있는 지식을 흡수하지 않으면 결과가 좋지 않지만, 공부하면 다시 잘 나올 수 있는 것이 학교 시험이다. 하지만 IQ는 선천적인 지적능력을 평가한다. 같은 IQ 검사 유형을 반복 숙달하고 재시험을 본다 해도 상승 폭은 크지 않다. IQ가 높음에도 학교 성적이 좋지 않은 것은 여러 가지 이유가 있을 수 있다. 아이가 학교 시험의 평가 기준에서 벗어난 다른 것에 흥미를 느낀 것을 수도 있고, 교우관계에 있어 어려움이나 각종 정서적 문제가 원인일 수 있다.

......

04

영재로 분류된 아이들은 모두
비슷한 학생들일까?

'영재'로 분류되는 학생들끼리도 차이가 있음을 간과해선 안 된다. 홀링워스의 연구에 의하면 중간 수준의 영재(IQ 120~145)들은 사회적으로 잘 적응하지만, IQ 145 이상의 고도 영재 아들은 안정적인 교우관계를 유지하지 못한다고 주장하면서 정서개발이 영재교육 프로그램의 중요한 부분이 되어야 한다고 주장하였다.

똑같이 '영재'로 분류된 아이들끼리도 지적능력이나 정서적 차원에서의 특성이 크게 다를 수 있다. IQ라는 단일 요소만을 한정해서 볼 때, 130 이상을 영재라 칭하지만, 지능 검사의 종류에 따라 IQ가 150으로 측정되는 영재도 있고, 심지어 200에 가까운 영재도 있다. 같은 영재 집단에 속한 사람들끼리도 IQ

가 70이나 차이가 난다. 똑같이 영재로 분류된 학생들이지만 그 스펙트럼에 따라 전혀 다른 인지적, 정서적 특성을 보일 수 있는 것이다. 하지만 반대로 지적 장애인(IQ 70)과 보통 사람 중 우수한 집단에 속하는 사람(IQ 120~130)의 차이는 60 정도에 지나지 않으며, 전체 인구의 70%는 IQ 90~110 수준으로 이들끼리의 지수는 겨우 20 차이에 불과하다.

또 다른 문제는 영재들을 IQ만으로 분류할 수 있는 것도 아니라는 점이다. IQ가 다소 평범한 110~120 정도라도, 매우 창의적인 감각을 가지고 한 분야에 두각을 드러내는 영재들도 드물지 않기 때문이다.

이러한 점들을 고려해볼 때 영재들을 일반인과 구분되는 그룹으로 묶어 모두 똑같이 접근하는 것은 무리라고 할 수 있다.

영재만 따로 모아 교육을 진행한다면 어떨까?

학자들은 영재들의 대부분이 자신과 유사한 학생들과 함께 집단을 이루고 공부해야 지적으로 자극을 받고 학습에 대한 열망이 높아진다고 주장한다. 또한, 이들과 비슷한 흥미, 가치관, 진로를 함께 고민하여 공감대를 형성하고 위로와 격려를 받을 수 있다는 점도 강조한다.

다만, 지나치게 경쟁적인 학습환경이 조성되어 실패에 대한 내성이 강하게 형성되지 못한 영재의 경우 정서적, 사회적으로 부정적 결과를 초래할 수 있음을 유의하자. 특히, 실패에 대한 경험이 적어 회복 탄력성이 약하고 완벽주의 성향이 강한 영재는 자신이 더는 특별한 존재가 아니라는 사실을 받아들이지 못한다. 영재고, 과학고의 진학을 앞두고 꼭 따져봐야 할 것은 아이의 실력만이 아니다. 자기와 대등하거나 그 이상일 수 있는 학생들과 경쟁할 수 있는 회복탄력성과 단단한 자존감이 형성되어있는지도 점검해 보아야 한다.

필요하다면 사교육도

적정한 사교육도 도움이 된다. 다만 선택은 신중해야 한다.

영재를 위해 영재학급, 영재교육원, 영재학교 등 영재교육 기관을 활용할 수도 있지만, 현실적으로 모든 영재가 영재교육 기관에 진학할 수 있는 것은 아니다. 또한, 공교육 시스템은 평범한 학생들에게 기준을 둘 수밖에 없는 것이 현실이므로, 다양성에 대한 배려가 부족한 교육 환경에서는 부모 스스로 개별적인 학습의 기회를 마련할 수밖에 없다. 결국, 영재 자녀를 둔 부모로서는 사교육이 이러한 문제를 해소하는 주요 대체 수단이 된다.

하지만 무분별한 사교육은 영재성을 망칠 수 있으므로 학원의 선택에 신중할 필요가 있다.

특히, 영재교육을 단순한 선행 학습과 혼동해서는 곤란하다. 영재교육이란 영재 아동의 고유성을 반영하여 가장 적합한 과목과 그 난이도의 과제를 제시하는 것이며, 정서적 균형을 위해 영재 아동 특유의 정신적 특성까지 고려하는 것이다. 학업 성적을 비롯한 외부적 지표에만 집착하는 학원은 아이의 타고난 재능과 정서적 특성을 고려하기보다는 당장 결과를 보여주기 위한 단기적 성과에 집착하기 마련이다. 그 결과, 가시적인 과잉 선행 학습으로 나아가기 쉽다.

한편 '영재'라는 같은 부류에 속한 아이들조차 각자 재능을 보이는 분야와 그 정도가 다르다는 사실을 명심해야 한다. 평균을 중심으로 분포된 일반적인 아이들의 경우 모든 영역에 평균적으로 고른 발달을 보이지만 영재들의 경우 재능의 격차를 보이는 경우가 많기 때문이다. 예를 들어 언어적 능력이 탁월한 영재의 경우 외국어를 빨리 배우고 구사하는 어휘 수준도 또래들보다 매우 높지만, 수리적 능력을 요구하는 능력은 평범하거나 그 이하일 수도 있다. 하지만 '영재'라는 간판을 내건 학원들을 보면 아이들 대부분에게 경쟁을 의식한 획일적 성과를 강요하는 경우가 많다.

이는 독보적인 홍보사례를 통해 수익을 창출하려는 학원의 욕망과 아이를 모든 면에서 우수하게 만들고자 하는 학부모들의 욕망이 서로 맞물려 나타나는 현상이기도 하다. 하지만 아이의 특수성을 무시한 획일적 선행 학습은 아이의 영재성을 퇴보시킬 수 있다는 것을 알아야 한다. 특정 분야에 재능을 보이는 영재라면 그 분야의 강점을 키우기 위해 선행 학습을 시키되 다른 분야에 대해서는 약점을 보완하거나 균형을 유지하는 선에서 교육이 이루어져야 한다. 약점을 보완하거나 균형을 유지하는 것이 영재 아동 본연의 재능 발달을 방해해서는 안 된다.

끝으로, 아이의 정서적 측면도 간과하지 말아야 한다. 영재는 또래보다 지능이 발달한 것은 맞지만 정서적 측면에서 예민할 수 있다는 점을 간과해선 안 된다. 이러한 비동시성 발달을 간과한 채로 인지적 측면의 발달만 치중하는 사교육에 아이를 내몬다면 아이는 점차 행복과 멀어지게 될 것이다. 결국, 영재를 둔 부모는 지혜로운 판단과 선택으로 아이에게 교육의 기회를 제공해야 하는 과중한 임무를 짊어진 셈이다.

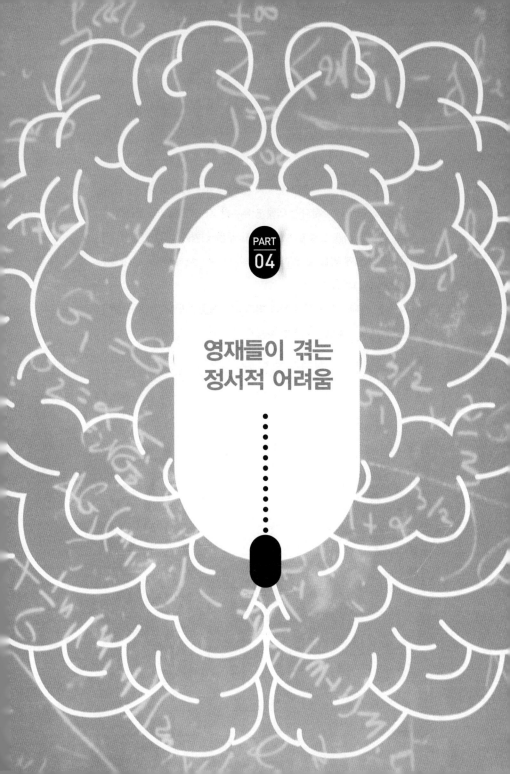

PART
04

영재들이 겪는
정서적 어려움

영재 아동은

우수한 인지적 능력과 추론능력을 지니고 있다. 하지만 이렇게 우수한 지능이 도리어 보편적이지 않은 내적 경험을 하게 만들고 보편적이지 않은 언행을 하게 만들어 주변 사람들을 당황스럽게 만들 수 있다(보통의 영재들보다는 지능이 우수한 고도 영재일수록 이러한 경향이 짙게 나타날 수 있다).

이번 장에서는 영재의 인지적 특성과 비교하여 소홀하게 다루어져 왔던 정서적 특성에 대해 살펴보는 시간을 갖자.

01

......

여러분의 아이가 혹시 이렇지 않은가?

다음에 언급된 문제들은 영재 아동에 대해 주로 제기되는 문제들로 일상에서 부자연스럽게 표출될 수 있는 영재들의 지능적, 정서적 특성들에 대한 것들이다.

여러분의 자녀가 이에 얼마나 해당하는지 살펴보자.

- 활동 수준이 높고 충동 조절력이 낮다. 이 아동은 ADD/ADHD인가?

- 자기 나이에 비해 너무 심각하다. 도덕적이거나 윤리적인 또는 철학적인 의문으로 걱정한다. 이 아동은 우울증인가?

- 물건을 분해하면서 늘 그 속에 빠져 산다. 왜 물건들을 가만

놔두지 않는 것인가?

– 매우 우수하지만, 상식적이지 못하다. 어떻게 이 아동에게
단순하게 판단하도록 가르칠 수 있을까?

– 완벽주의적이다. 자신과 다른 사람에게 너무 많은 것을 기대
한다.

– 잠을 별로 자지 않는데, 매우 생생한 꿈을 꾼다. 때때로 악몽
을 꾸거나 야경증을 보인다.
야뇨가 있고 몽유병이 있다.

– 너무 까다롭고 예민하여 셔츠에 달린 상표를 잘라 내야 한다.

– 학교에서는 형광등 불빛 때문에 방해를 받는다고 불평한다.

– 너무 감정적인 것 같다. 목표를 달성하지 못했을 때는 심하
게 좌절하고 짜증을 심하게 낸다. 아동의 이러한 망가진 상태
를 피하고자 집에서는 늘 살얼음판을 걷는다.

- 과제를 완수해 내지 못하거나 궤도에서 벗어나는 듯하다. 방과 책상은 어지럽혀져 있고 지저분하다. 다 끝낸 것으로 보이는 과제조차도 제출하는 것을 잊어버린다.

- 자기도취적인 것 같고, 지나치게 자신에게 열중하는 것 같다. 모든 일이 아동 중심으로 돌아가는 것 같다.

- 자기 또래와 관계를 맺는 것을 어려워한다. 대장 노릇을 하고 싶어 하며 또래 아동들이 좋아하는 것에는 별로 관심을 두지 않는다. 대신에 거의 혼자서 지내거나 자기보다 나이 많은 아동이나 성인과 지낸다.

- 계속 질문을 하고 다른 사람 사이에 끼어들며, 자신의 지식을 과시한다.

- 너무 예민하고 공평한 것에 강박적으로 집착한다. 저녁 뉴스에서 무서운 것을 보면 눈물을 흘린다. 그 나이 또래 아동에게 이것이 정상인가?

– 교사는 아동이 매우 우수하지만, 숙제를 해오지 않는다고 말한다. 시험은 잘 보지만 이렇게 되면 낙제할지도 모른다.

– 끊임없이 우리와 논쟁하고 매번 우리에게 도전한다. 이 아동은 항상 우리를 압도할 방도를 찾는다. 우리는 어떻게 해야 할지 모르겠다.

– 사회적 기술이 매우 부족하다. 그리고 과학 소설을 제외하고는 다른 것을 읽는 것에 별 흥미를 갖지 못한다. 과학 동아리에 있는 두 명의 나이 많은 남학생을 제외하면 이 아동에게는 거의 친구가 없기에 그것이 걱정된다. 사람들은 이 아동이 아스퍼거 장애인 것 같다고 한다.

– 화를 잘 내고 참을성이 부족하다. 반사회적인 것 같다.

– 어느 분야에서는 매우 앞서 있지만, 다른 분야에서는 아니다. 특히 글씨를 잘 쓰지 못한다. 이 아동은 학습 장애인가?

– 만성적으로 백일몽에 빠져 있고, 우리가 제공하는 것마다 모

두 잃어버린다. 이 아동은 어떤 정신적 문제를 가진 것은 아닌가?

- 어떤 때는 우울하고 어떤 때는 폭발한다. 마치 이중성격을 가진 것 같다. 어느 순간에는 열정이 넘치다가, 다음 순간에는 소리를 지르며 화를 낸다. 사람들은 이 아동이 양극성 장애인 것 같다고 말한다.

- 학교 교사는 아동이 ADD/ADHD라고 믿는다.

- 잡지에서 읽은 내용으로 볼 때, 이 아동은 아스퍼거 장애나 양극성 장애를 가지고 있는 게 확실하다.

출처 : 영재와 정신건강 (Misdiagnosis And Dual Diagnoses Of Gifted Children And Adults Adhd, Bipolar, Ocd, Asperger's, Depression, And Other Disorders)

고도 영재들의 정서적 강렬함

고도 영재들은 감정이 매우 강렬하기에 슬픔도 기쁨도 분노도 매우 강렬하게 느끼고 그것을 표출한다. 제아무리 IQ가 높은 고도 영재라도 정서적 안정을 이루지 못하면 그 능력이 온전하게 발휘되지 못할 것이다. 건전한 인지적 성장뿐만 아니라 사회성 발달 역시 정서를 기반으로 하고 있다. 정서적 불안정은 사회적 관계를 형성하는 데 방해가 될 수 있다. 부모들이 이러한 것들을 잘 이해하고 잘 승화시켜 주면 아이의 사회성 발달에 방해가 되었던 정서적 강렬함이 오히려 한 분야에서의 열정과 추진력으로 전환될 것이다. 정서적 강렬함은 예술 분야에서 두각을 나타낼 수 있는 무기가 될 수도 있다.

영재 아동들은 정서적 안정감을 갖춘 상태에서 기회를 만나면, 자연스럽게 과제에 몰입하고 성과를 내게 되어있다. 아이가 공부에 대한 흥미가 없거나 성과가 부진하다면 몰두하지 못하는 이유를 명확하게 파악해야 한다.

감정은 일시적인 것에 지나지 않음을 잊지 말아야 한다. 물컵 속의 앙금도 시간이 지나면 대부분 가라앉는다. 위기의 순간에 필요 이상으로 반응해서 문제가 되는 경우가 많다. 아이들은 어려움이 닥치고 고통과 긴장감이 최고조에 달하면, 극단적인 절망에 빠지기 쉽다. 그런 상태가 계속될 것으로 생각하기 때문이다. 그래서 똑똑한 영재 아동은 그러한 상태에서 벗어나는 것을 최우선 과제로 생각하고 극단적인 선택지들을 만들곤 한다. 하지만 멀리서는 거대한 파도가 가까이 다가올수록 점점 작아지는 것처럼 어떤 위기도 시간이 지나면 별것 아니게 된다는 점만 열려줘도 어리석은 판단과 반응을 막는 데 큰 도움이 될 것이다.

고도 영재들의 정서적 취약성이 평생 가는 것은 아니다. 대개 유치원에서 초등학교 시기에 짙게 나타나고 이후 성인이 되어갈수록 사회적응력과 자기 조절력이 생기기 때문에 큰 문제가 되진 않는다. 부모는 아이가 취약한 시기에 더욱 세심한 관찰과 적절한 개입으로 정서적 취약성이 미성취로 이어지지 않도록 해야 한다.

03

......

지적 요소와 정서적 요소의 불균형

영재는 공부를 잘하고 지식이 풍부하며, 추상적 사고능력이 발달해있으므로, 인지적 측면과 아울러 사회적, 심리적으로도 모두 완벽한 사람일까?

결론부터 말하면 절대 그렇지 않다.

홀링워스(Leta Hollingworth)는 고도 지능을 보유한 아동들이 정서적인 성숙을 이루기도 전에 고차원적인 문제에 지나치게 사로잡혀 있으므로 정서적 측면에서 어려움을 나타낼 가능성이 크다고 보았다.

칙센트미하이(Mihaly Csikszentmihalyi), 레선드(Kevin Rathunde) 및 월른(Jennifer Whalen)은 학문적 영역에서 우수함을 보이는 영재들뿐만 아니라 예체능(음악, 운동, 미술 등) 계열에서 비범한 재능을 보이는 학생들 역시 교우관계에서 어려움을 나타낸다고 보고하였다. 이들은 주로 혼자 시간을 보내는 경우가 많으며 보통의 또래들보다 부정적인 감정에 더 많이 노출되어 있다고 한다. 롬브로소(Cesare Lombroso) 역시 비범한 재능을 가진 사람들일수록 일반인보다 심리적 혼란을 더 많이 겪는다고 주장하였다.

이처럼 임상 심리학자를 비롯한 많은 학자가 지능이 우수하거나 한 영역에서 뛰어난 능력을 보이는 아동들이 남다른 정서적 특성이 있으며, 보통 아이들보다 정상 범주에서 벗어난 내적 경험을 할 가능성이 크다고 주장하였다. 그렇다면 대체 왜 영재 아동들은 정상 범주에서 벗어나는 경험을 많이 하는 것일까?

영재들은 비상한 인지 능력을 보유했지만, 상대적으로 미성숙한 정서적 특성이 함께 융합되어, 정상 범주에서 벗어난 내적 경험을 하게 된다(비동시성 특성은 한 개인 안에 내적 불일치를 초래하고 아이의 정서적 안정감을 깨뜨리는 등 여러 심리적 문제를 발생시킬 수 있다). 특히, 지적능력이 비범할수록 비동시성에 따른 정서적 어려움을 호소하는 경향이 짙어진다. 인지적 특성만 놓고 보자면 어른 못지않게 우수하고 난해한 철학적 주제에 대해서 유식함을 뽐내던 아이가, 갑자기 장난감을 사주지 않는다고 소리 지르거나 울면서 화를 내기도 하는 것이다. 이렇게 유독 인지적 발달이 앞서가는 비동시적 발달은 영재 아동 본인은 물론 그 주변 사람들까지 힘들고 당황스럽게 만든다.

어른들은 영재 아동이 뛰어난 지적 역량만큼이나 정서적으로도 어른스러울 것이라고 착각한다. 그래서 영재 아동에게 어린아이로서의 행동을 기대하지 않고 좀 더 성숙한 행동을 하기를 바라게 되는데, 이는 잘못이다. 안타깝게도 부모들의 대부분은 아이의 '행동'이 어떠한 내면적 특성으로부터 비롯되었는지를 전혀 이해하지 못한다. 그 때문에 아이를 일방적으로 꾸짖기 쉽고, 서로 간에 상처를 동반하는 감정 소모로까지 이어지기도 한다. 그리고 그 상처를 크게 받는 사람은 언제나 아이 쪽이다. 따라서, 영재 자녀를 둔 부모라면 이들의 내적 경험과 사고방식 등을 이해하려고 노력해야 하며, 교육, 지도, 대화 방법 등에 있어서도 보통 아이들과는 다른 방식의 접근이 필요하다 할 것이다.

영재는 모든 면에서 우수한 존재라기보다는 어느 특정한 분야에서 두드러진 능력이나 기술을 중점으로 여러 다른 능력들을

결합하여 창조성을 발현하는 존재에 가깝다. 이들이 진정한
창조의 과정으로 나아가기 위해서는 비동시성에서 초래하는
여러 약점을 보완해야 하는 사람들이다.

04

······

남과 다르다는 이질감

영재는 탁월한 자신의 능력에 대해 견고한 믿음과 신념을 가지고 있을 것처럼 여겨지지만, 자신을 긍정적으로 인식하고 있다고 해서 자존감 역시 높을 것이라고 과신하는 것은 복잡한 자아개념을 매우 단순화시켜서 이해하는 태도라고 말할 수 있다.

자아개념은 자신의 능력, 자신의 가치에 대해 가지고 있는 믿음, 긍정적 인식뿐만 아니라, 또래 친구 자아개념, 사회적 자아개념 등 기타 다양한 영역의 자아개념과 맞물려 형성된다.

영재는 분명 또래와 비교하여 학문적 자아개념이 높지만, 타인과 관계를 형성하고 지속해서 유지하는 사회적 자아개념, 타인과 자신의 깊은 비밀을 공유하고 친밀감을 형성할 수 있는 친구 자아개념이 일반 학생들보다 오히려 낮은 경향이 있다. 영재 아동이 높은 학업 성취도를 보이고 특정 영역에서 뛰어난 성과를 보인다고 해서 언제나 삶의 모든 영역에 충만한 자신감과 자존감을 가질 것이라 단정하는 것은 영재를 지나치게 단순화해서 생각하는 태도다. 영재의 경우 그들의 높은 지적 수준과 남다른 관심사가 학교에서 원활한 교우관계를 방해하기도 한다. 보통의 친구들과 공감대를 형성하기 위해서는 연예인이나 게임 등에 관심을 가져야 하는데, 이런 것들은 고도 영재들에게 큰 흥미를 주지 못하는 경우가 많다. 이들은 거시적이거나 철학적인 문제에 시달릴 수도 있고 수학이나 과학 등 어렵고 체계적인 학문에 몰입해 있을 수도 있다. 또한, 다소 평범한 주제에 몰입해 있더라도 그 하나의 주제로만 대화를 시도하는 경향이 있기에 또래들이 주변에 남아있지 못하고 떠나는 경우가 있다.

이러한 영재의 모습은 다른 아이들과 정신적 교류를 하고 사교적 활동을 하는데 큰 장벽을 형성할 것이다. 또한, 영재들이 사용하는 단어는 또래들이 이해하기에는 다소 어렵고 추상적인 경우가 많으므로 이점 역시 또래와의 소통에 장벽이 될 수 있다. 심한 경우 또래들은 영재 친구가 자신들을 무시한다고 여겨 불쾌감을 느낄 수 있다.

다음의 예시를 살펴보자.

영수는 어릴 적부터 수학을 유난히 좋아했고, 지금은 수학 경시대회에 나가서 수많은 상을 받은 상태다. 위대한 수학자가 되겠다는 꿈을 가지고 있으며, 항상 수학의 원리에 대해 고민하고, 그 원리를 해결하면서 기쁨을 느끼고 있다. 영수는 학교에 나가 친구들을 만나면 위대한 수학자들에 대해, 자신이 어제 해결했던 수학 문제들에 관해 이야기하고 싶어진다. 하지만 영수가 학교에서 만나는 친구들은 대부분 수학에 관심이 없다. 친구들은 게임, 드라마, 유명 유튜버의 업로드 영상, 아이돌에 관한 이야기만 하고 있고, 그러한 이야기를 주도하는 친구가 핵인싸 역할을 맡고 있다. 영수는 친구들의 대화에 끼어들어 수학 이야기를 해보지만, 그 누구도 영수의 이야기에 귀를 기울여주지 않는다. 영수는 수학을 할 때면 그 누구보다 자신감이 충만해 있지만, 그 외의 영역에서는 할 줄 아는 게 아무것도 없는 멍청이고 외톨이 같다는 생각을 종종 한다. 영수는 점점 학교에 나가기 싫어지고 혼자 자신만의 세계에 빠지게 된다.

다른 일원들로부터 같은 존재임을 인정받는 것은 아이의 사회적 적응과 정신적 안정을 위해 꼭 필요하다. 그러나 영재 아동은 또래 집단과의 동질감을 형성하기 어려워한다. 자기 자신이 다른 친구들과 전혀 다른 존재라는 것을 깨달을 뿐이다. 자신의 관심사는 다른 아이들의 관심사와 동떨어져 있고, 자신이 흥미를 갖는 주제가 다른 아이들에겐 전혀 흥밋거리가 되지 못한다. 오히려 이상한 것에 관심을 둔다고 주변 친구들로부터 비웃음을 살 수도 있다. 혼자 그런 재미없는 주제에 관심을 보이는 것 자체가 이상한 일이기 때문이다. 반대로 다른 아이들이 흥미를 갖는 관심사나 주제도 영재 아동을 난처하게 만드는 것은 마찬가지다. 영재 아동은 다른 아이들이 왜 그런 것들에 흥미를 갖는지 이해하지 못할뿐더러, 어떻게 하나같이 그러한 취향을 갖는지 이해할 수도 없다. 이때 영재 아동은 다른 아이들과 강렬한 괴리감을 경험하게 된다. 자신이 홀로 남겨져 있다는 생각 말이다. 아직 사회 경험이 충분하지 못한 영재는 다른 사람의 시선에서 자기 자신을 인지할 수 없기에 적절한 조절 방법을 찾기도 어렵다. 모두가 비슷한 사고를 하고 비슷한 주제에 흥미를 보이는데, 혼자만 크게 다르다면 영재 아동은 자기 자신이 이상한 사람이라고 여기게 될 것이다. 어른들은 이런 영재 아동을 알아보지 못하고, 단순히 사교성이 부족하거나 좀 유별난 아이 정도로 치부할 것이다.

남과 다르다는 것은 일상적인 사회생활에서 그리 좋은 신호로 받아들여지지 않는다. 영재 아동은 자신이 영재라는 사실을 모르는 상태에서는 자신이 남과 다르다는 것에 어떠한 의미를 부여하는 것도 힘들 것이다.

심리적 부담감을 심하게 느끼는 영재들은 친구들과의 원만한 관계 형성을 위해 자기 자신을 또래들 수준으로 끌어내려 그들과 동등한 위치에 도달하려고 한다. 즉, 자신의 영재성을 부인하며, 자신의 재능을 숨기고 자신이 평범한 다른 친구들과 별반 다를 게 없음을 의도적으로 강조하고 증명하는 행동으로 나아가는 것이다.

영재들의 뛰어난 통찰력이 이질감을 심화시키기도 한다.

영재 아동은 점차 성장해갈수록 지식과 경험이 풍부해지며, 더욱 고차원적인 측면들을 통찰해낼 수 있을 것이다. 하지만 다른 사람이 인지하지 못하는 것을 볼 줄 안다는 것이 때로는 어려움을 자초하는 일이 되기도 한다. 남들은 이해할 수 없는 추상적이고 심오한 수준의 생각을 할 수 있지만 이러한 생각은 현실에서 소통되기 어려운 것들이 많으므로 친구들과 오해를 빚기도 하며, 한참 시간이 지나고 나서야 자신의 사고방식이 남들과 조금 달랐음을 깨닫게 된다(상처에 민감한 영재 아동은 다른 사람들의 언행을 보고 따라 하며 자신의 영재성을 고의로 숨기기도 한다). 이처럼 보통의 사람들에게는 당연한 것들을 다른 방식으로 이해하게 되면 무난한 사회생활을 영위하기 어렵게 된다. 이 점은 영재를 보통 사람들이 볼 때 공감 능력이 부족하고 사회적 신호에 둔감한 것처럼 보이게 만드는 경향이 있다. 이러한 점들을 고려해 볼 때 다른 사람과 쉽게 소통하지 못하는 사람들을 꼭 인격적 문제나 공감 능력의 부재 차원으로 몰아 비판할 수는 없을 것 같다. 우수한 인지 능력과 통찰력도 소통의 장벽으로 작용할 수 있기 때문이다. 보통 사람들은 사물을 다른 방식으로 인지하는 영재를 이해하기 어렵고, 영재도 허점투성이인 다른 사람들의 사고방식을 이해하기 어려울 것이다. 수학처럼 증명이 쉬운 것들이라면 타인을 설득하고 공감을 얻는 데 문제가 없겠지만 우리가 삶 속에서 마주할 수많은 것들은 수학 문제처럼 딱 떨어지는 증명의 과정을 통해 남을 설득시키기 쉬운 것들만 있는 것이 아니다.

강한 자아가 인간관계에 부정적 영향을 미치기도 한다.

영재는 일반적인 아이들보다 자아에 대한 인식이 더욱 강렬하다. 그 때문에 주변에서 흔히 일어나는 모든 일을 자기 자신과 연관 지어 생각하는 경향이 강하다.

영재들은 자기 자신에 관한 이야기라면 사소한 말 한마디도 정말 다양한 접근법으로 분석한다. 이 정도면 소심한 성격 탓인지 높은 통찰력과 과민성 때문인지 헷갈릴 지경이다. 영재 아동은 자신이 무시당했다며 분노에 차 씩씩거리고 있지만, 분노를 제공한 상대는 자신이 도대체 무슨 잘못을 했는지 인지하지도 못하고 있으며, 사실 그렇게 심각한 문제가 아닌 경우가 많다. 하지만 영재의 강한 자의식과 비범한 상상력은 사회적 신호를 너무 자기 멋대로 받아들이고 자기가 상처받는 쪽으로 해석하게 만든다.

이처럼 자의식이 강한 영재들은 타인의 사소한 언행에도 상처를 받기 쉬우며 내면을 공유할 수 있는 소수의 사람에게만 마음의 문을 열고 깊은 관계를 지향하는 경향이 있다.

내면세계 창조

다른 친구들과의 이질감, 혼자 동떨어져 있다는 고독감은 영재 아동이 내면세계를 창조하도록 일조한다. 이곳은 영재 아동 자신이 왕으로 있는 세계다. 모든 것이 자기 생각대로, 의지대로 움직이는 나라. 이곳에서 영재 아동은 평안을 만끽한다. 그래서 외부 세계와의 관계가 원만하지 못한 영재 아동은 자신이 창조한 내면세계에 현실을 대체할 환상의 사물과 규칙들을 채워놓는다.

이 환상의 세계는 영재 아동이 현실에서 겪는 고통과 결핍감을 일시적으로나마 덜어준다. 자기 자신을 위한 도피처인 것이다. 이러한 내면세계가 좋은 방향으로 진전되면 매우 독창적인 세계가 될 수 있고, 이곳은 훌륭한 예술적 영감을 얻어낼 원천이 되기도 한다. 하지만 정서적 불안을 해소하기 위해 내면세계로 도피하는 일이 너무 잦아지거나, 그 세계에 들어가 문을 꼭 잠그고 나올 생각을 하지 않게 된다면, 이는 일종의 자폐성을 띠게 되고 주변 사람들의 신경을 거스르게 된다. 영재 아동이 의도적으로 자신을 무시하거나 반항한다고 오인할 수 있는 부분이다.

하지만 창조적이고 지적능력이 탁월한 사람들은 자기가 원하는 결과물을 얻기까지 다른 사람들과 떨어져 있을 필요가 있음을 본능적으로 알게 된다. 친구의 필요성을 부정하는 것은 아니지만 창조하는 모든 인간은 혼자 있는 고독의 시간을 필요로 하는 법이다.

여기서 부모의 역할이 매우 중요하다. 아이가 사교적이어야 한다는 이유로 의도적으로 친구와 어울리도록 강요한다거나 사교성 향상을 명목으로 예능프로를 시청할 것을 강조하는 것은 잘못이다. 아이들이 정서적으로 의존하고 공감대를 형성할 수 있는 친구를 만들고 사회성을 높일 수 있도록 지도하는 것도 중요하지만, 필요에 따라 아이가 혼자 있을 수 있도록 도와야 한다.

아이의 내면세계는 존중해줄 필요가 있다. 인간은 누구나 자신만의 내면세계가 필요하다. 다만, 아이가 현실에 대한 두려움을 극복할 힘을 가질 수 있도록 길들여 주자. 아이가 현실과 내면세계, 즉 두 세계가 공존할 수 있게 통합되어야 균형 잡힌 인성을 갖게 된다.

05

이상주의와 실존적 우울

이상주의는 높은 지능과 통찰력, 그리고 아이의 순수함이 빚어낸 결과다. 지능이 높다는 것은 외부의 정보를 수용하고 분석하는 능력이 뛰어나다는 것을 의미한다. 하지만 10살의 어린이가 성인 수준의 지적 통찰력을 갖게 된다면 어떻게 될까? 탁월한 지적능력을 갖추고 있는 영재 아동은 외부의 경험과 지식을 또래 아이들보다 훨씬 빠르게 축적하며 특정 대상을 평가하는 자신만의 고유 기준을 만들어낸다. '~하다면(가치) ~해야만 한다. (행동)'는 식의 가치관이나 기준이 또래들보다 훨씬 이른 시기부터 형성되는 것이다. 이렇게 형성된 기준은 어린 영재가 세상의 너무나 많은 것들을 진단하게 만드는 데 문제가 있다. 어른들에게도 난해한 전쟁, 죽음, 불평등의 주제에 관해서도 많은 수준의 지식과 정보를 보유하고 있어 놀라움을 주기도 한다. 아침에 이불을 개는 것이나, 식후 양치질을 하는 것, 사용한 물건을 제자리에 갖다 놓는 것 등 일상의 사소한 것들은 망각할 수 있다. 하지만 거시적인 문제나 자신의 정체성에 관한 문제에 대해서라면 너무나 진지한 태도를 보인다. 얼핏 생각해보면 대단히 비범하고 무서운 지성이다.

하지만 너무 어렸을 때부터 자기만의 기준이 확고해진다는 것은 독자성과 자율성보다는 획일성과 강제성을 요구하는 학교생활에 부적응할 가능성이 커짐을 의미한다. 또한, 그 기준이 매우 높고 견고하게 형성되는 점도 문제다. 자신의 이상적 기준에 부합하지 않는 교칙이나 지시는 이행하려 들지 않는다. 또 이런 영재들이 자신만의 세계 속에 방치된 채로 오랜 시간이 흐르면 또래와 소통하는 데 어려움을 겪을 가능성이 크다.

이상주의는 실존적 우울로 이어지기 쉽다. 지능이 높은 영재일수록 분석과 통찰을 통해 '무엇은 어떻게 되어야 한다'는 식의 자기만의 기준이 뚜렷하게 형성된다. 하지만 이 세상의 현실이 자신의 이상과는 너무도 다르다는 것을 깨닫게 되는 순간, 동시에 매우 큰 실망과 좌절감을 느끼게 된다. 특히, 초고도 지능을 보유한 영재일수록 자신을 둘러싼 모든 사람이 머

저리로 느껴질 가능성이 크다. 높은 통찰력이 사람들의 말과 행동에서 나타나는 갖가지 모순점을 잡아내고, 인간이라는 존재에 대한 회의를 느끼게 만드는 것이다. 그래서 이러한 문제들을 자신이 어떻게 해결할 수 있을지에 대해 많은 고민을 하게 되지만, 결과적으로 자신이 할 수 있는 것들이란 엄마에게 혼나지 않기 위해 이불을 바르게 정리하고, 선생님께서 내주신 과제를 착실하게 해 오는 것밖에 없다.

내면의 심각한 고민을 주변에 털어놓을 곳도 없다. 또래들에게 고민을 털어놓게 되면 당연히 공감을 얻지 못할 것이며, 어른들 역시 영재 아동의 일상적인 생활 태도 등 사소한 문제들만 지적할 뿐 대수롭지 않게 넘겨버린다.

그 결과, '인생이란 무엇인가?', '산다는 것은 무엇인가?' 라는 자신의 한계와 존재에 대한 고민으로 내면이 점철된다. 원래이런 고민은 중년의 나이에 나타나기 마련인데 고도 영재의경우 어렸을 때부터 이러한 고민에 빠지는 경우가 많다. 성인 영재들은 이러한 고립감을 벗어나기 위해서 자신과 똑같은 문제를 경험하고 있는 사람들을 찾아가 적극적으로 소통을 시도할 수 있지만, 영재 아동의 경우 신체적, 정서적으로 미숙하며경제적인 능력에도 한계가 있기에 자력으로 이러한 기회를 마련하기란 매우 어려운 일이다. 이때 부모의 역할이 매우 중요하다. 아이가 죽음이나 불평등 문제에 대해 큰 관심을 가지고 고민을 하는 모습을 보인다면, 가능한 진지한 태도로 아이의 의견을 들어주어야 한다. 아이의 말을 잘 들어주고 공감해주는 것만으로도 큰 효과를 볼 수 있다. 아이는 점차 부모로부터 진실한 애정과 신뢰를 느끼게 되며 아직 이해하지 못한 추상적인 개념들에 대해 추가적인 질문을 해올 것이다. 그러면 부모는 사람은 태어나면 왜 죽는 것인지, 그리고 왜 인류의 평화가 쉽게 이루어지지 않는 것인지에 대해 충분히 고민하고 아이와 대화를 주고받을 마음의 준비가 되어있어야 한다.

......

06

사회적 불문율에 대한 냉소

인간은 다른 사람들의 사고가 모두 자신의 것과 같을 것이라는 환상을 품고 살아간다. 자신이 중요하다고 생각하는 것은 다른 사람도 중히 여기며, 자신이 좋다고 느끼는 것은 다른 사람도 똑같이 지각하고 느낄 것으로 생각한다. 그리고 이러한 환상이 우리의 의사소통을 가로막는 근본적 요인이 된다. 인간은 누구나 자기 세상의 한계 속에서 다른 사람들을 보고 판단하며 평가할 뿐이다.

지적으로나 정서적으로 비슷한 사람들끼리도 의사소통이 되지 않아 갈등이 일어나고 다투는 것이 이 세상의 현실인데, 보통 사람의 범주에서 벗어난 영재는 더 말할 필요가 없다. 일반적인 아이들은 자신이 속한 집단에서 주어진 문화적 코드를 이해하고 그것들 안에서 다른 구성원들과 하나가 되는 경험을 할 수 있다. 사회적 불문율과 금기 같은 규칙은 사회를 구성하고 유지하는 근본적 토대이고 모든 사람은 각기 다른 개성을 가지고 있을지라도, 여기서 크게 벗어나지 못한다. 하지만 영재들은 세상을 분석하고 받아들이는 방식이 일반 아동과 다른 까닭에 평범한 아이들이 절대 범하지 않는 실수를 저지르는 것이다.

같은 코드를 공유하지 못한다는 것은 곧 예측능력 결여를 의미한다. 영재는 상대방이 무슨 의도로 자신에게 말을 하는 것인지 이해하지 못하고 따라서 상대의 기대에 부응하지 못하게 된다.

영재의 높은 지적능력과 통찰력은 기존의 전통이나 권위와 상충하게 만들기도 한다. 영재는 이 세상의 것을 그대로 수용하는 재능이 부족하다 보니 '권위'에 대해서도 보통 사람들보다 분석적으로 접근한다. 예를 들어, 상대방이 자신보다 나이가 많은 어른이라 해도 영재는 그 권위를 있는 그대로 받아들이지 않으며 자신만의 기준으로 평가하려 든다. 영재의 통찰력은 일상적인 것들도 의심하게 만든다. 이미 타인들이 떠받들고 있는 보편적 규범도 영재에게는 재검토의 대상일 수 있다.

이런 영재의 기본 특성은 성인이 되어서도 쉽게 사라지지 않는다. 성장 과정에서 풍부한 사회적 경험과 사교적 기술을 축적할 경우 원만한 사회생활에 문제가 없도록 자신의 지성을 적절하게 조절할 수는 있겠지만 사고방식 자체가 근본적으로 바뀌는 것은 아니다. 하지만 이들은 오만한 사람들도 아니고 천성이 나쁜 사람들도 아니다. 단지, 외부의 기준을 그대로 수용하는 것이 이들에게는 부자연스러운 것이기 때문이다. 다른 사람이 귀찮다고 회피하는 사소한 문제를 붙잡고 심각한 고민을 하는 존재들이 바로 이들이다.

보통의 사람이라면 자녀를 왜 사랑해야 하는지, 왜 조직의 규칙에 부합하는 행동을 해야 하는지, 왜 나이 든 사람을 공손하게 대해야 하는지, 공동체를 배신하면 손해와 이익 중 어느 것이 더 큰지에 대해 생각할 리가 없다. 보통의 사고를 하는 사람들 대다수는 이런 생각을 하지 않는다. 우리가 살면서 사회에 자연스럽게 통용되는 신성한 가치(불문율)에 의문을 품지 않는 것은 매우 중요하다. 의문을 품는다는 것은 그 자체로 이 사회에 부적응하고 있음을 나타낼 뿐이다. 평범한 사람들은 일상적인 문제로 고민을 하며, 대부분 눈앞의 이익을 다루는 실용적인 것들이다. 이러한 성향은 학교나 직장에서 공감대를 형성하고, 성공으로 나아가기 위한 기본적 토대가 된다. 사람들 대다수가 서로 간 사고의 속도나 양에 차이가 있을 뿐 사고가 머물러 있는 영역은 근본적으로 같으므로 서로 소통하고 공감대를 형성하기에 무리가 없다.

하지만 강박적으로 사고를 하는 것이 평소의 가장 자연스러운 모습에 해당하는 부류들이 존재하는데, 이들은 고차원적인 정신 활동을 즐기는 창의적 몽상가적 기질을 타고난 소수의 사람이다. 이들은 눈앞의 작은 현실보다는 저 높은 세계에 존재하는 큰 아이디어에 집중한다. 우리가 자주 마주하는 일상적인 문제를 똑 부러지게 해결해내는 유형의 똑똑함과는 다소 차이가 있는 것이다.

지나치게 많은 생각

영재들은 현실 속에서 마주하는 일상의 문제 앞에서도 조금이라도 공백의 여지가 생길 때 자기 생각 속으로 빨려 들어간다. 공상에 빠진 아이는 외부에서 볼 때 멍하고 게을러 보이지만, 이는 높은 지능의 신호일 수 있다. 영재 아동은 다른 아이들보다 습득한 지식의 양이 많고, 새로운 개념도 빠르게 습득할 수 있으므로, 수업 시간에 또래들을 기다려야 하는 일이 자주 발생할 수 있다. 특히, 자신이 흥미를 느끼지 않는 교과목에 대해서는 전혀 집중하지 않을 수도 있다. 이러한 영재가 지루함을 피하는 가장 손쉬운 방법은 자신만의 세계에 몰두하는 것이다. 상상력이 뛰어난 우뇌형 영재들의 경우 상상 속의 친구와 대화를 나눌 수도 있다.

외부의 모든 정보와 자극들은 자신의 세계관을 중심으로 재구성되며 복잡한 형태의 나무를 형성하게 된다. 물론, 홀로 공상에 빠지는 것은 아이의 상상력과 창의성 향상에 도움이 될 수도 있지만, 지나치게 많은 생각은 영재를 온전한 일상생활과 멀어지게 만들 수도 있다. 자신이 중요시하거나 몰입하는 주제에 대해서는 생각이 쉬지 않고 돌아가는 반면, 별로 중요하지 않다고 생각하는 문제들에 대해서는 지각없이 행동하기도 하며 경솔한 결정을 내리기도 한다. 심지어 주제에 벗어난 엉뚱한 대답을 하는 때도 있으며, 다른 생각을 하다가 자신이 내려야 할 정거장을 지나쳐 버리기도 한다. 그 때문에 이러한 영재 아동을 바라보는 또래들과 어른들은 영재 아동을 '바보'라고 오해할 수밖에 없을 것이다. 기초적이고 일상적인 것들에 대해 너무나 허술한 측면을 보이기 때문이다.

하지만 영재가 바보 같은 모습을 보이는 것은 그들의 생각이 너무 한곳에 집중되어 있기 때문이다. 몰입을 특성으로 하는 영재들은 자신이 집중하고 있는 것 외에는 주변을 지각하는 능력이 떨어질 수도 있다.

또한, 지나치게 많은 생각은 자기표현의 문제로 나타나기도 한다. 자기 생각을 표현하고 싶은데 표현하고 싶은 것들이 머릿속에 동시다발적으로 떠오르게 되면, 말하고 싶은 것을 간결하고 명확하게 표현하지 못할 수 있다. 직관적인 생각들이 서로 뒤엉켜 있거나 추상적으로 이미지화된 내면을 외부 세계에 적절히 표현하고 전달하는 것은 매우 어려운 일에 해당한다. 지적 잠재력은 높지만, 아직 인생의 경험과 지식이 부족하기에 자신의 내면을 사회적으로 소통하기에 무리가 없는 방식으로서 풀어내기란 쉽지 않을 것이다.

완벽주의의 그림자

통찰력이 뛰어나다는 것은 어떤 대상을 해체하고 분석하는 능력이 비범함을 의미하지만, 이것이 자기 자신의 약점까지 불필요하게 분석하게 만든다는 점에서 정서적 안정을 해칠 수 있다(지능이 매우 높은 존재는 스스로 지능도 의심하기 마련이다). 이러한 영재의 민감성은 완벽주의 성향을 만들어낸다. 어떤 영재들은 자아를 부풀려 자신이 마치 세상에 곧 모습을 드러낼 잠룡(潛龍)인 것처럼 행세하고 다니지만, 그 거만함은 자신의 재능에 대한 불안과 의심을 숨기기 위한 방어기제에 불과할 뿐이다. 과한 자신감은 두려움의 또 다른 얼굴이다. 자신의 능력과 자질에 대해 자신이 넘치는 모습을 보이면서도 끊임없이 의심하고 불안해한다. 이것은 일종의 완벽주의 성향이며, 자신에 대한 타인들의 평가에 굉장히 민감한 상태가 된다. 예를 들어 부모나 교사로부터 수학적 재능을 계속 칭찬받아온 것이 익숙해진 영재 아동의 경우, 자신의 실력이 부모님이나 선생님의 기대에 미치지 못하는 상황에 대해 극도의 두려움을 가질 수 있다. 결과적으로 영재 아동은 자신이 손쉽게 풀 수 있는 수학 문제만을 풀려고 하며, 자신의 영재성이 부인될 소지가 있는 어려운 문제들을 자꾸 회피하려는 모습을 보이게 된다. 자신의 레벨을 뛰어넘는 과제에 과감하게 도전하기보다는 자신이 인정받고 편안함을 느낄 수 있는 현재의 영역에만 자꾸 머물려고 하는 것이다. 어려운 과제에 도전했다가 부모님이 기대한 수준의 성과가 나오지 못하게 되면 자신의 모든 것이 부정당하는 것이라는 극단적인 생각을 하기 쉽다.

완벽주의는 건강하고 발전적인 완벽주의와 건강하지 못한 완벽주의로 나눌 수 있다. 전자는 탁월한 성과 달성을 위한 동기나 의지가 출중하여 과감성 있게 나아가는 완벽주의를, 후자는 완벽해야만 한다는 집착 때문에 실패에 대한 극도의 불안과 두려움을 느끼며 더 어려운 과제에 도전하지 못하고 위축되는 완벽주의를 말한다.

건강하고 발전적인 완벽주의로 이미 가시적이고 훌륭한 성과를 내는 영재들이라 해도, 이들이 결코 모든 영역에서 탁월함을 보일 것으로 단정해선 안 된다.

오히려 자신의 관심 분야 외에는 서툴며, 과제 수행능력이 떨어지는 모습을 보이기도 한다. 비슷한 연배의 친구들과 잘 어울리지 못하고, 이질감이 느껴지는 보통의 사람들과 대화, 의사소통이 힘들며 거부감을 느끼는 경우가 많다.

예민한 감각과 인지에 의한 방어

　　　　　영재들은 민감한 감각과 감수성을 가지고 있다. 보통, 어린아이들도 순수하고 높은 감수성을 지닌 경우가 많지만, 이들은 더욱 극단적인 모습을 보일 수 있다. 다른 사람의 불우한 처지나 슬픈 장면에 대해 내면에서는 격앙된 반응이 일어나며, 다른 사람의 고통이 마치 자신의 것처럼 체험될 수도 있다. 심지어, 마음이 여린 영재들은 메뚜기나 도마뱀 등 미물들이 상처를 입거나 죽게 되면 슬픔에 빠지기도 하며, 어머니께서 해주신 생선 요리를 보고 물고기가 가엾다는 느낌을 강렬하게 받아 눈시울이 붉어지기도 한다. 왜 인간은 다른 동물들의 생명을 빼앗아 가며 살 수밖에 없는지에 대해 깊은 고뇌에 잠기기도 한다.

이들의 높은 지능과 직관적 추론능력 역시 주변의 사소한 자극에 대해 미묘한 감정의 변화가 일어나게 만든다. 그 예민함은 타인뿐만 아니라 자신 스스로에게도 적용되며, 자신에 대한 사소한 이야기나 평가에 대해 필요 이상으로 상처를 받기 쉽게 된다. 이에 따른 영재들의 가장 흔한 행동은 사람들을 멀리하는 것이다. 사람들 사이에서 상처를 받지 않기 위해 사람들과 고의로 일정한 거리를 유지하려는 성향을 보이는 것이다.

고통을 초래할 수 있는 감정을 마비시키고 모든 것을 이성적으로만 판단하는 이것은 감정적 마취행위와도 같다.

이렇게 하면 더는 세상으로부터 슬픔과 고통을 전달받지 않아도 되며, 타인에 의한 상처에도 둔감해질 수 있다. 물론 이는 영재들의 사회적 관계에 좋지 않은 영향을 미친다. 이러한 영재들은 감정이 메말라 있으며, 냉정하고 주변 사람들에게 관심이라곤 전혀 없는 사람처럼 비치게 될 것이다(사교성이 떨어져 보인다는 점에서 자폐 성향으로 오인될 소지도 있다). 하지만 이들의 내면은 오히려 따뜻한 관심을 바라고 있는 경우가 많다. 외부의 대상과 거리를 유지하는 것은 자신의 정서적 안정과 평안을 위해 발동시킨 자구책에 불과할 뿐이다. 사람들과 대화도 거의 하지 않고 과묵한 듯 보이지만 주변 사람들에게 연민을 느끼거나 헤어진 사람들에게 강렬한 그리움을 느끼는 경우가 대부분이다. 다만 사람들에게 그러한 감정을 표출하지 못하고 자신도 감당하기 어렵기에 거리를 두고 있을 뿐이다

영재아의 성별에 따라 양상이 다르게 나타날 수 있다. 영재 아동이 남자인 경우, 타인과 거리를 두는 양상이 가시적으로 나타날 수 있지만, 영재 아동이 여자인 경우, 겉으로는 활달하며, 교우관계에 별다른 문제가 없어 보이는 경향이 있다. 때문에, 겉모습만으로는 아이의 내면을 쉽게 진단할 수가 없다.

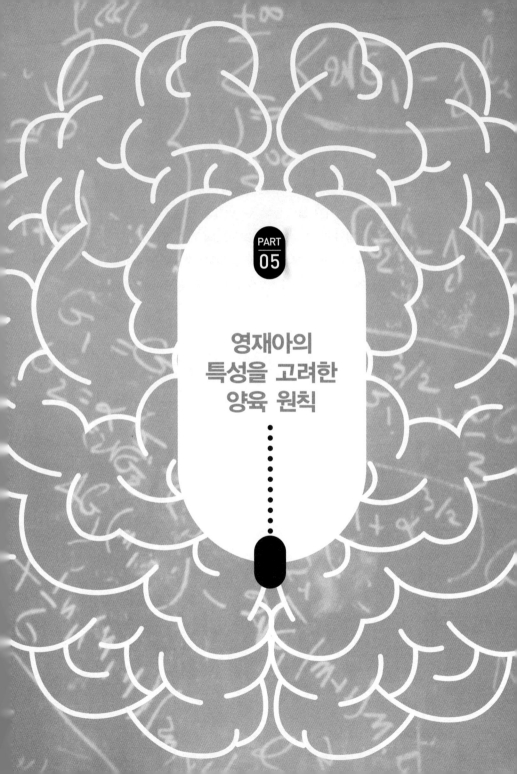

PART
05

영재아의
특성을 고려한
양육 원칙

앞에서 살펴본 바와 같이 부모는 영재의 인지적 특성 외에 존재론적 고민, 관계에서 발생하는 어려움, 완벽주의 성향, 과제 선택의 자율성과 몰입의 특성들에 대해 더욱 관심을 가질 필요가 있다. 부모가 영재 아동 특유의 행동적 특성과 정서를 이해할 수 있다면 아이에 대한 불필요한 오해와 이로 인한 감정 소모를 조기에 방지할 수 있을 것이다.

01

영재성은 타고나는 것이지만, 꽃피우는 것은 별개의 문제다

아무리 비옥한 땅이라도 경작하지 않은 채로 방치하면 무성한 잡초로 덮이게 될 것이다.

－레오나르도 다빈치

'영재'는 그 자체로 높은 잠재력을 의미하기 때문에 항상 부러움의 대상이 된다. 하지만 실제로 타고난 재능이 우수한 존재라고 해도 적절한 지도와 양육 없이는 성공적인 결과를 기대할 수 없다. 아이의 양육을 농사에 빗대어 표현하자면, 타고난 영재성은 그 자체로 우수한 종자에 비유할 수 있다. 우수한 종자는 보통의 종자와 달리 훌륭한 열매를 맺을 가능성이 크지만 역시 수분과 햇빛, 온도 등 적절한 환경적 요건이 갖추어져야만 한다. 아무리 우수한 종자라 해도 환경적

여건이 종자의 발아와 생장에 유리하지 못하다면 결국 열매를 맺지 못하는 것과 같은 이치다.

오히려 영재는 지능적으로나 정서적으로 보통 아이와 다르므로 교육의 방식과 지도에 있어 더 많은 고민과 인내가 필요할 수 있다. 영재 아동의 독특한 사고방식과 행동 패턴은 친구들 사이에서 괴리감을 형성할 수 있으며 어른들까지 놀라게 하고 당황스럽게 만들 수 있기 때문이다. 여기서 중요한 부모의 역할은 아이의 잠재력을 발굴하고 이끌어주는 데서 더 나아가 아이가 이 세상에 적응할 수 있도록 지도하는 것이다. 영재는 지적인 측면에서 뛰어난 존재이지만 정서적 측면에서는 예민하고 불안정할 수 있다는 것을 알아야 한다. 영재들이 영재성의 꽃을 피우기 위해서는 인지적 측면의 발달 못지않게 정서적 측면에서의 교육이 중요하다. 어릴 때 나름 비범한 능력을 보였던 영재들도 안정적인 정서적 기반과 사랑이 결핍될 경우 점차 사회에 부적응하면서 능력이 사장되는 경우가 많다. 영재 아동의 천재성이 개발되지 못하고 사장되는 것은 영재 개인은 물론 사회 전체를 두고 봐도 큰 손해가 아닐 수 없다. 단지 남과 다르다는 이유로, 독특하다는 이유로 아이가 상처를 받아서는 안 될 것이다.

영재를 둔 부모와 교사에게 필요한 태도

영재 부모의 태도

1 영재를 성공적으로 기르기 위해서는 실제로 그들이 뛰어난 학습 능력을 지니고 있다는 것을 늘 기억하고 있어야 한다.

2 영재 자녀를 사랑하고 그들에게 사랑한다는 사실을 느끼게 해야 한다. 부모는 또한 자녀를 그들의 능력 때문이 아니라 하나의 인격체로서 사랑해야 한다는 것을 기억해야 한다.

3 자녀가 잠재력을 충분히 발휘할 수 있도록 환경을 조성해 주어야 한다.

4 자녀와 대화를 갖는 것이 필요하며 그들을 꾸중만 해서는 안 되며, 자녀를 얼마나 이해하고 있는가를 확인해 볼 필요가 있다.

5 영재들이 부모와 다른 견해를 가질 수도 있다는 사실을 인정해 줄 수 있어야 한다.

6 영재들의 호기심을 존중해주고 그 호기심을 계속 추구해 나갈 수 있도록 도와준다.

7 영재는 원인과 결과 간의 관계를 간파할 수 있는 능력을 갖추고 있음을 인정해야 한다.

8 영재들은 지나치게 도와주는 어른을 필요로 하지 않는다.

9 영재 자녀와 다른 자녀를 비교하지 않아야 한다.

10 영재를 기르기 위해서는 부모의 참을성, 열성과 지혜가 무
   한히 필요하다.

영재 교사의 태도

1 개별적인 요구에 알맞은 영재교육 프로그램을 개발하고 수
   행할 수 있어야 한다.

2 온정적이고 수용적이며 민주적인 환경을 조성할 수 있어야
   한다.

3 개인적인 이미지를 존중하고 긍정적인 것을 강화해야 한다.

4 개성과 개인의 존엄성을 존중해야 한다.

5 창의성과 상상을 존중해야 한다.

6 어린 아동을 성공적인 수행으로 이끌 수 있는 기술을 가져
   야 한다.

7 강제로 이끌어가기보다는 안내해 주는 역할을 해야 한다.

8 결과는 물론 과정 역시 중시해야 한다.

9 기존의 사실을 확증해주기보다는 혁신적이고 실험적이어
   야 한다.

10 계속적 학습을 통해 새로운 해결책을 모색해야 한다.

11 동료 교사들과 협조할 수 있어야 한다.

12 영재 아동의 요구를 다른 사람에게 전달할 수 있어야 한다.

13 다양한 영역에 대한 폭넓은 지식이 있어야 한다.

14 학생, 부모, 다른 직업인들과 좋은 관계를 유지할 수 있어야 한다.

15 새롭고 익숙하지 않은 수업 상황에 잘 적응할 수 있어야 한다.

16 영재 아동을 담당하는 교사는 교사 자신이 영재인 것이 바람직하다.

출처 : Davis, G. A. & Rimm, S. B.(1989), Education of the gifted and talented, Englewood Cliffs, NJ: Prentice-Hall.

02

영재아의 지도에는 설득과
인내가 필요하다

　　　영재들은 대부분 고집이 세기 때문에 부모와의 대화가 기 싸움으로 번질 공산이 크다. 영재 아동이 어떤 사물이나 현상에 대해 사고하는 방식은 부모와 다를 수 있으며 자기 생각에 확신하는 영재들은 절대 물러서는 법이 없다.
때문에, 부모가 세상을 인식하는 방식을 아이에게 강제로 주입하려 한다면 싸움은 더욱 격렬해지고 서로 감정이 상하게 될 것이다.

이처럼 영재 아동이 고집을 부리는 이유는 높은 지능과 통찰력이 부모나 교사의 지시를 그대로 수용하지 않고 분석하게 만들기 때문이다. "어른 말씀에 자꾸 말대꾸하는 것은 나쁜 행동이란다"와 같은 훈계는 예절 교육이 잘 안 된 보통 아이들에게 필요할 수 있지만, 지성이 남다른 영재 아동들에게는 다른 방식의 접근이 필요하다. 만약 영재 아동의 지시 거부 행동이 단순한 반항심이기보다는 영재 아동 고유의 지적 판단에서 비롯된 행동이라면, 아이가 받아들일 수 있도록 설명해 주어야 한다. 일방적인 지시와 강요는 곤란하다. 부모가 허락할 수 있는 여러 가지 선택지를 제시하고 영재 아동이 자신의 과제를 직접 선택할 수 있도록 배려하는 것도 좋은 방법이다. 영재 아동은 자신에게 가장 합리적이라고 생각하는 선택지를 고를 것이고, 자신이 선택한 것인 만큼 부모의 일방적 강요에 의했을 때보다 더 큰 효과를 볼 수 있을 것이다.

보통 아이들은 어떤 행위가 옳은지 그른지를 알려주고 적절한 처벌과 보상을 병행하면 별문제 없이 생활 수칙을 수용할 수 있지만, 영재들은 그것을 자신의 지성으로 이해하고 판단하려고 하므로 쉽지 않을 뿐이다. 특히, 고도 지능을 가진 영재들은 고차원적이고 철학적인 주제에만 사로잡혀 일상의 실용적 기술에는 무관심한 경우가 많기에 고도 영재 자녀를 둔 부모는 더 높은 수준의 배려와 인내가 필요할 것이다.

물론, 타고난 천재성이 아이의 모든 일탈 행위를 용서하고 합리화할 수 있는 근거로 사용되어서도 안 된다. 그럴 때 아이는 매우 자기중심적이고 매우 오만하게 성장하며, 자신의 행동이 다른 사람에게 어떤 결과를 초래할지에 대해 무감각해질 염려가 있다. 하지만 중요한 것은 인성 교육 그 자체가 아니라 인성 교육의 방법에 있다. 어떠한 행동을 왜 해야 하는지 그 이유를 합리적으로 설명해 줌으로써 이해시켜줘야 한다.

평범한 아이들이 쉽게 터득할 수 있는 상식적인 것들이라도 영재의 관점에서는 터득하는 게 쉽지 않을 수 있다. 그 간과하기 쉬운 사항들에 대해 가르쳐주고 이해시켜 주어야 한다. 이미 다 알고 있는 수업 내용이라도 교실을 마음대로 이탈하면 안 된다는 것, 어른들의 말씀이 틀렸지만, 그것을 곧바로 지적하지 말고 참아야 하는 것 등 영재 본인이 판단하기에 온갖 부당한 것들이 있을 것이다. 하지만 그 부당해 보이는 것들을 따르지 않았을 경우 초래될 수 있는 현실적 부작용들에 대해 이해시켜 주어야 한다. 이때 주의할 점은 아이의 문제 행동을 지적하되 그 행동의 원인이 되는 동기는 존중해 줄 수 있어야 한다는 점이다. 영재의 고유성은 존중해야 한다. 단지 그 탁월한 지성이 현실의 생활 속에 좀 더 세련되고 부작용이 덜한 방식으로 표출될 수 있도록 지도해 줄 뿐이다. 영재들의 지성은 어떤 면에서 어른들보다 우수할 수 있지만, 세상이 가진 모순과 인간이라는 존재의 불완전성을 받아들일 수 있을 정도로 성숙하지 못하다는 것을 알아야 한다.

또한, 영재들은 어른들의 언행 불일치와 그 모순성을 잡아내는 능력이 뛰어나기 때문에 부모는 자신의 언행에 각별하게 주의해야 한다. 부모가 자신에게 가르쳐준 것과 다른 행동을 하고 있다면 아이는 부모에게 큰 실망을 하면서 지시를 거부할 수 있는 변명거리를 생각하고 있을 것이다. 한번 허점을 들키면 아이를 지도하기가 더욱 어려워질 수 있다.

아이가 자꾸 보채고 짜증을 내는 것은 엄마에게 무엇인가를 바라고 있다는 신호이므로, 아이를 무작정 다그치기보다는 아이의 감정을 이해하고 수용해야 한다.
즉, 아이의 감정과 사고가 자신의 것과 다를 수 있음을 인정할 줄 알아야 한다는 것이다.
부모는 자기 생각이 곧 진리라는 전제를 가지고 아이들을 혼내지 말아야 한다.
아이를 기르는 것은 끝없는 인내와 헌신이 필요한 것이며 아이가 영재에 해당한다면 더 큰 인내와 헌신이 요구된다고 할 것이다.

양육에 있어 주의해야 할 영재 아동의 특성들

양육에 있어 주의할 영재 아동의 특성들을 다시 7가지로 나누어 다시 정리해 본다.

과흥분성

영재 아동은 조그만 자극에 대해서도 과잉된 반응을 보여 주변을 당황스럽게 할 수 있다. 아이의 감정을 이해하고 공감해주되 감정의 표현이나 행동의 반경에는 적정한 선이 있다는 것을 가르쳐야 한다. 표현 자체를 억압하기보다는, 되도록 예술적으로 우회하여 표현할 수 있도록 지도하자.

우수한 기억능력과 추론능력

영재 아동은 보통 아이들보다 많은 정보를 정확하게 기억하며, 사물의 원리에 대해 추론하는 능력이 우수하다. 이에 따라 사물의 모순점을 쉽게 파악해 낼 수 있다. 아이가 어떠한 대상에 호기심을 갖는다면, 이를 귀찮게 여기지 말고 아이의 지적 욕구를 충족시켜주자. 또한, 아이가 지시를 잘 따르지 않고 토를 단다면, 이것은 부모의 행동이나 지시에서 모순점을 찾아낸 것일 수 있으므로, 아이를 너무 감정적으로만 나무라지 말고 대화를 통한 설득을 시도하자.

강한 자의식

일상의 모든 것을 자신의 자아와 정체성에 연결짓지 않도록 하자. 다른 사람의 거절이나 비판 등에 대해 너무 심각하게 생각하지 않도록 지도하자. 물론, 원활한 사회생활을 위한 사교적 기술들을 가르쳐주는 것도 잊지 말아야 한다.

완벽주의 성향

작은 실패의 경험을 축적하게 하여, 실패에 대한 두려움을 완화 시키자. 아이의 재능이나 결과보다는 아이의 노력과 도전을 칭찬하자. 부모가 자신을 사랑하는 이유가 재능에 있다기보다는 자신 그 자체에 있다고 느낄 수 있도록 하자.

편벽과 고집

영재 아동의 경우 자신만의 기준이 뚜렷하고 고집이 세므로 양육과 지도에 있어 주도권을 놓고 충돌이 잦을 수 있다. 부모가 옳은 방향으로 지도하려 해도 쉽지 않을 것이며, 아이는 짜증만 낼 것이다. 원칙도 좋지만 때로는 아이와 타협도 해야 한다.

존재론적 고민

아이의 고민에 대해 진지하게 반응해주고 아이가 생각하는 바를 정확하게 표현할 수 있도록 유도하자. 아이를 무시하는 듯한 발언을 절대 하지 말아야 한다.

몰입 특성

아이가 어느 대상에 몰입할 수 있도록 허용해주되, 일상생활에 필수적인 것들을 간과하지 않도록 지도하자.

03

성과를 성급하게 강요하지 마라

부모 대부분은 자녀가 어린 나이에 최대한 많은 것들을 성취할 것을 기대한다. 특히, 아이가 영재라면 초등학생인 아이에게 중고생 수준의 수학 실력을 기대할 수 있고, 유창한 영어 실력을 기대할 수도 있다. 이러한 기대는 어린 시절의 앞선 성취가 성인기의 성취로 연결된다는 믿음이 기반에 깔려있다. 하지만 각종 대회 수상, 메달 획득, 명문대 입학 등 외부로 보이는 요건이 꼭 영재교육의 성공을 증명해 주는 것은 아니다. 일례로, 사회에서 영재로 인정받는 카이스트 학생들은 왜 높은 자살률을 보일까? 누가 봐도 성공적인 인생이 아닌가? 이에 대해 학점에 따른 징벌적 등록금 제도 등 과도한 경쟁과 학업 스트레스를 견디지 못한 결과라는 지적이 많다. 떨어진 성적을 비관해 극단적인 선택을 하는 학생들도 많지만, 심지어 정년 심사에 압박을 느끼는 교수들도 잇따른 자살을 한다는 것이다. 그만큼 한국의 교육은 지적능력 향상에만 집중되어 있으며, 아이들의 정서적 안정과 행복에 대해서는 부차적 취급을 하고 있다. 항상 1등이 될 것을 강요받으며 자라는 아이들은 자신의 가치를 '등수'에서 찾으려 한다. 자신의 정체성을 '1등', '최고'에 두었기 때문에 스스로가 1등이 되지 못하는 순간이 오면 스스로 존재가 너무 무가치하게 느껴지는 것이다. 이 아이들은 어른이 되어서도 여전히 자존감이 낮으며, 스트레스에 취약하다. 좋은 성과를 내지 못할 때 자기 자신의 존재에 대해 지나치게 부정적인 평가를 하게 된다.

영재 아동은 보통의 아이들과 마찬가지로 부모로부터 따뜻한 사랑과 관심을 받길 원한다. 하지만 부모가 아이의 재능계발에만 관심을 보인다면, 아이는 부모가 자기 자신보다는 자신의 재능을 사랑한다고 믿게 된다. 이런 아이일수록 부모님을 실망하게 하지 않기 위해 더욱더 높은 학업 성취를 내는데 집착할 수밖에 없다. 자신의 학업성적이 낮아진다면 예전과 같은 사랑과 관심을 받을 수 없기 때문이다. 부모는 아이에게 '사랑'이라는 확신을 주어야 한다. 재능이나 성과에 관련 없이 항상 너를 사랑한다는 확신 말이다. 그래야만 아이는 정서적 안정을 되찾고 어려운 과제에 자발적으로 도전할 수 있다.

부모가 높은 목표를 임으로 설정하고 아이에게 강요할 경우 완벽주의 성향이 강한 영재 아동은 성취감을 위한 공부보다는 부모님을 실망하게 하지 않기 위한 공부를 하게 된다. 행복한 영재가 자신의 재능을 세상에 남김없이 펼칠 수 있다.

성급함이 창의성을 죽인다

"언제까지 끝낼 수 있니?"

"시간이 얼마나 많이 지났는지 아니?"

"빨리 좀 해줄 수 없니?"

성격이 급한 부모들이 있다. 아이가 뭔가를 빨리 보여주길 원하는 것이다. 하지만 이러한 태도는 아이의 창의성을 망치기 쉽다. 시간제한의 압박이 가해지는 상황 속에서 아이들은 독창적으로 사색할 수 없게 된다. 자기 본연의 생각에 집중하기보다는 당장 그럴듯한 결과를 내는 것에 집중하는 편이 더 빠른 결론을 내는 데 유리하기 때문이다. 아이는 혼나지 않기 위해 사색을 멈추게 된다. 적당한 결론을 베끼는 삶이 시작된다.

물론, 부모의 문제만이 아니다. 사실, 한국 교육의 현실이 그렇다. 한국 교육의 평가시스템은 하나의 지식에 대해 깊이 있게 생각하고 창의적으로 서술해 내는 것보다는 단기간 내에 여러 가지 수많은 지식을 적당한 수준으로 습득하는 것에 높은 가치를 부여한다.

우리나라 학부모들의 교육열은 세계에서 부동의 1위다. 하지만 자신의 아이가 무조건 경쟁에서 앞서 나가야 한다는 강박관념에 사로잡혀, 자신의 아이가 내면에 어떠한 세계를 구축하고 있는지, 어떤 꿈을 꾸고 있는지는 관심 밖이다. 하지만 영재교육의 성공 지표는 '등수'나 '학교 간판'이 아니다.
'무조건 1등'이라는 강박적 목표를 가지고 아이의 시간표를 틀어쥐며 하루하루의 자투리 시간까지 간섭하고 통제하는 부모의 욕심이 아이의 독립성을 억눌러 창의성을 떨어뜨릴 수 있음을 알아두기 바란다.

아이의 자율성을 보장하라

아이 스스로가 자신만의 공부 습관을 만들 수 있도록 자율성을 보장해 주어야 한다. 학교에서 배우는 지식은 똑같지만, 그것을 공부하는 아이들의 공부 방법은 각자마다 차이가 있다. 시험이라는 요건에 맞게 효율적으로 공부하는 아이들도 있고, 시험에서의 고득점과는 거리가 멀지만, 교과서에서 호기심을 유발하는 부분에 대단히 깊게 파고들고 탐구하는 아이들도 있다. 물론 학교의 평가 시스템에서는 전자가 높은 성적이 나올 가능성이 크겠지만 아이가 영재라면 외부의 지식을 단편적으로 수용하기보다는 그것을 이해하고 탐구하려는 성향을 보일 수 있으므로 후자의 방법을 선택할 수도 있다.

부모는 아이의 공부법이 '시험'이라는 요건에는 부합하지 않는다고 해서 진리를 탐구하려는 아이의 태도를 부정하거나 바꾸려 들면 안 된다. 아이가 관심과 흥미를 느끼는 분야가 있고 선호하는 공부법이 있다면 너무 경쟁만을 의식한 학습 방식을 강요하기보다는 일정한 선에서 아이의 자율성을 보장해 주는 것이 좋다. 진정한 사고력은 교과서에 등장하는 지식을 그대로 흡수하는 과정이 아닌, 자유롭게 의심하고, 탐구하며 다른 대상에 적용하는 과정에서 길러진다.

영재 아동은 완벽한 아이가 아니다

한 가지 영역에서 우수함을 보이는 영재 아동에게 다른 모든 영역에서 우수함을 보일 것을 기대하는 것은 바람직하지 않다. 영재 대부분은 상대적으로 뚜렷한 강점과 약점을 지닌 형태를 보이고 있다. 최대한 많은 경험의 기회와 지적 자극을 제공하는 것은 합당하지만, 모든 영역에서 우수한 성과를 기대하는 것은 비현실적이다.

04

······

학교에 아이의 영재성을 알려라

부모는 아이를 뱃속에서부터 길러왔으며, 일상생활에서 아이의 모든 것을 지켜볼 수 있다. 그 때문에 다른 사람들 눈에 쉽게 감지되지 않는 아이의 소중한 자질들을 발견해낼 수 있다. 영재성 발견 중추는 부모에게 있다.

아이 영재성을 가장 먼저 발견하며, 그 계발을 안내 및 촉진하는 역할은 부모가 한다.

영재 교육학자 대부분, 아동의 영재성을 처음 발견하는 사람이 부모라는 것에 동의한다. 언제 헤어질지 모르는 학급 친구들, 매년 바뀌는 담임 선생님이 부모보다 아이에 대해 더 잘 알수는 없다. 학교에서 보이는 아이의 모습이 전부가 아니며, 교사가 지도해야 할 아이들은 당신의 자녀 외에도 너무나 많은 것이 사실이다. 또한, 학교는 기본적으로 성적표를 기준으로 아이의 재능을 평가하는 경향이 있으며, 성적표에 반영되지 않는 영재성에 대해서는 간과되기 쉽다. 그러므로 아이의 영재성에 관해서는 교사의 의견보다는 부모의 견해와 느낌이 더 정확할 수 있다. 아이가 평범한 또래들과 다르다면 그 사실을 학교(담임교사)에 알리는 것이 좋다.

물론, 부모 대부분은 학교, 특히 담당 교사에게 아이가 영재라는 사실을 알려야 하는지를 두고 고민에 빠질 것이다. 애써 교사에게 아이의 영재성에 관해 설명해도 부모는 누구나 자기 자녀를 천재로 여기곤 한다는 말을 돌려받지 않을까 생각하는 것이다. 사실, 부모니까 자식을 특별하게 볼 수 있다고, 대수롭지 않게 취급하는 경우가 비일비재하다. 그래서 현실적으로는 아이의 검사를 수행한 심리전문가에게 도움을 청하는 것이 좋다. 심리전문가는 부모, 교사와 함께 아이에게 가장 적합한 학습전략이 무엇인지를 논의할 수 있다. 다만, 심리전문가의 의견을 교사 앞에서 너무 직설적으로 내세우면 교사는 자신이 학생들을 제대로 이해하지 못하는 무능한 교사로 취급받는다고 여길 수 있으니 주의하자. 교사는 자신의 전문영역이 침범당했다고 느끼면, 거부반응을 보일 수 있다. 따라서 교사들이 아이의 문제 해결에 꼭 필요한 존재임을 먼저 이해시키는 과정이 필요하다. 가정 밖에서 아이와 가장 가까운 곳에서 아이를 지도하는 사람은 결국 학교의 교사다. 아이의 문제를 해결하기 위해 선생님의 도움이 꼭 필요하다는 정중한 표현으로 말문을 터야 한다.

영재들을 전문적으로 지도하는 영재교육기관에 진학해도 방심할 수 없다.

부모는 영재인 자신의 아이가 영재교육 기관에 진학하면 공식적으로 영재로 인정받은 것이기 때문에 지적 욕구 충족을 비롯한 모든 문제를 해결한 것으로 생각할 수 있지만, 영재교육기관이 영재 아동의 모든 문제를 해결해 줄 수는 없다.

영재 아동이 겪는 어려움의 원인은 비단 지적인 자극의 부족뿐만 아니라 정서개발의 부족일 수 있기 때문이다. 하지만 아이의 정서개발과 긍정적 자아 형성에 관해 관심을 기울이고 있는 영재 교육기관은 많지 않다.

......

아이에게 영재진단 사실을
알려야 할까?

아이에게 진단 사실을 알려야 하나? 부모들은 걱정할 수 있다. 아이에게 영재라는 딱지를 붙여주면 아이들이 거만해질 수 있다고 생각하기 때문이다. 하지만 검사 자체가 아이를 바꾸는 것은 아니다. 아이는 진단을 받기 전에도 영재였고, 받은 후에도 영재고, 앞으로도 영재일 것이다. 아이의 현재 정황을 제대로 이해하고 아이의 실제 모습에 맞게 처신함으로써 아이의 고민과 어려움을 덜어주는 것이 진단의 목적이다.

영재들은 매일 타인과 자신의 관계를 인식한다. 타인의 사고방식과 자신의 사고방식 사이에서, 이질감을 끝없이 인식하고 고민에 빠진다. 다른 사람들은 막힘없이 서로 소통하고 잘 이해하지만, 자신만이 특이한 주제로 고민하며, 친구들과 공감대를 형성하지 못하고 있다. 마치 자신이 미운 오리 새끼처럼 느껴질 수 있다. 영재 아동은 다른 아이들과 생활하는 과정에서 사고방식과 인지 능력에 차이가 있다는 것을 스스로 알게 되지만, 자력으로 다른 사람들과의 괴리감을 좁히고 정서적 안정을 되찾을 만큼 성숙하지는 못하다. 자신의 독특함을 놀리는 친구나 주변 사람들의 행동을 보고 자기 자신에 대한 부정적인 자아가 형성될 수도 있다.

아이에게 영재진단 결과를 알려주는 것은 자신이 남들과 왜 다른지를 이해시키고 이해시켜 줄 수 있는 계기가 된다. 아이는 이제 자기 자신에 대해 정확히 인지하고 주변 환경에 어떻게 적응할지 등 더 유용하고 건설적인 고민을 하게 될 것이다. 아이는 외부 세상과 조율을 통해 실제 자신과 일치하는 삶을 살 수 있다. 만약 아이에게 영재라는 사실을 제때 알려주지 않으면, 인성 구조에 타격을 입힐 수도 있다. 아이의 문제가 심각해져서 심리적 장애 증상이 나타난 이후에야 영재임을 밝혀서는 안 된다. 진단 사실을 숨기는 것은 아이의 남다른 특성을 계발할 수 있는 길을 막는 것이기도 하다.

검사의 목적은 진단 자체에 있지 않다

검사를 시행하는 목적은 아이의 지적, 정신적 작동을 명확하게 이해하고 적절한 개입과 도움을 주는 것에 있지, 단순히 영재거나 영재가 아니거나를 판단하는 것에 있지 않다. 아이가 설령 영재로 판별되지 않는다고 해도 당신은 아이의 지적 특성과 심리적 특성을 보다 면밀하게 이해할 수 있고, 이를 토대로 아이에게 어떠한 도움을 주어야 할지를 더 분명하게 파악할 수 있을 것이다.

검사를 통해 아이의 지적, 심리적 작동방식을 빨리 이해하는 편이 아이의 성장 과정에서 보이는 여러 문제를 제대로 대처하고 바르게 인도하는 데 유리할 것이다. 진단이 일찍 내려질수록 아이는 조화로운 발달에 유리하고 실제의 자신과 조화를 이루며 살아갈 가능성이 커질 것이다.

검사 이후의 변화

자신이 아주 똑똑하고, 높은 잠재력의 소유자라는 사실을 알게 되면 아이에겐 어떤 변화가 생길까? 자기 자신을 바라보는 시각, 즉 자기 인식에 긍정적인 충격을 줄 수 있고, 이는 다시 긍정적인 자기상 형성에 도움을 준다. 자신의 능력을 믿고 노력하여 학업성적이 향상되고, 타인들과의 관계가 더 좋아지는 효과가 있다.

그러나 이러한 긍정적인 효과들은 일시적인 것으로 끝날 염려가 있다. 희열의 기운이 진정되는 순간, 우울함과 분노의 감정이 고개를 쳐들기 때문이다. 지금까지 자신을 제대로 평가하지 못한 부모, 교사, 친구들에게 화가 나며, 더 나아가 학교, 교육시스템에도 큰 불만을 품을 수 있다. 자신이 실제의 자기 모습대로 살지 못하고 전혀 다른 자기 인식을 하고 살게 만든 세상을 원망할 수 있다. 무엇보다 이러한 현실을 이제야 깨달은 자신에 대해 분노할 수도 있다. 하지만 아이가 새로운 자기상을 형성하려면 모든 현실을 있는 그대로 수용하고 새로운 성장 과정을 설계해야 한다. 물론 이는 고통스럽고 힘든 작업이 될 것이다. 모든 것을 다시 구축해야 하니 말이다. 이때 부모는 아이가 이른 시일 내에 큰 성과를 달성해주길 바라는 듯한 부담감을 전달해서는 안 된다. 아이는 이제 자신의 기대치뿐만 아니라 다른 사람들의 기대치만큼 잘 해내지 못하면 큰 죄책감을 느끼게 될 것이기 때문이다. 자신의 잠재력과 현실의 괴리는 아이를 정신적으로 혼란스럽게 만든다. 아이가 진정한 자기상을 회복하고 잠재된 능력을 모두 발휘하여 성취 영재가 되려면 자신의 지능과 인성에 투자할 충분한 시간과 노력이 필요하다.

주변에 영재임을 알리되,
분별력 있게 처신하라

교사, 가정부, 형제자매 등 아이에게 직접적인 영향을 줄 수 있는 사람들에게도 아이가 영재임을 밝히는 것이 좋다. 이미 살펴보았듯이 영재는 보통 아이들과 지적인 측면, 정서적 측면에서 전혀 다른 특성을 가지므로 주변 사람들이 아이를 오해하지 않고 다루기 위해서는 알리는 편이 낫다. 예를 들어 아이가 반항적이거나, 너무 한 가지에 빠져들거나, 친구들과 어울리지 않는 행동들을 보일 때 영재에 대해 잘 모르는 사람들은 아이를 좋지 않은 방향으로 오해할 수도 있을 것이다. 영재 아동의 특수성을 알게 되면 오해의 소지도 줄어들고, 그에 맞는 지도 및 교육 방법을 적용할 수 있을 것이다.

하지만 '영재'라는 단어가 주는 느낌이 매우 강렬하고 특별하기에 선뜻 '우리 아이가 영재입니다'라는 직설적인 표현을 쓰기가 난감할 수 있다. 하지만 중요한 것은 아이가 '영재'라는 사실이며, 보통 아이들과 다른 기준이 적용되어야 한다는 사실이다. 아이가 자신의 고유성에 맞는 교육과 지도를 받고 정서적 안정을 누릴 수 있도록 환경을 조성해 주는 것은 부모의 의무라 할 것이다.

물론 '영재'라는 타이틀은 그 자체로 비범하다는 인상을 주기 때문에 불가피하게 겪어야 할 부작용도 있다. 아이에게 '영재'라는 이름표를 공개적으로 붙여주게 되면, 그때부터 아이는 주변의 모든 사람으로부터 그 영재성을 시험받게 될 것이다. 예를 들어 매우 엄하고 높은 수준의 기대치로 자녀의 영재성을 평가하려 할 것이다(시기와 질투에서 비롯되는 경우가 많다). 당연히 아이는 자신의 능력을 증명해야 한다는 부담감에 억눌리고, 사람들의 평가에 상처를 받을 수 있다. 주변의 시선으로부터 자신의 재능을 증명해야 한다는 것에 대해 큰 부담을 갖는 영재들은 두 가지 행동 패턴을 보일 소지가 크다. 하나는 평범한 척하며 자신의 재능을 숨기려 드는 것이고, 다른 하나는 자신의 영재성을 부정당하지 않기 위해 뭐든지 잘해야만 한다는 강박에 시달리는 것이다.

교사가 평범한 아이들 앞에서 영재 자녀의 재능을 칭찬하고 본받을 것을 설교하는 것도 좋은 방법이 아니다. 이는 평범한 다른 아이들로부터 시기와 질투를 유발하여 교우관계에 좋지 않은 영향을 미칠 수 있기 때문이다.

아이의 영재성을 주변에 알리는 것도 중요하지만 때와 장소를 가릴 줄 아는 지혜도 필요하다는 것이다. 적절하지 못한 칭찬이나 이름표 붙이기는 아이에게 큰 부담을 줄 수 있다.

영재 낙인효과

영재라는 단어 자체가 남들과 다른 특별한 존재, 일명 군계일학으로 인식되는 것을 의미하며 이에 대한 심리적 부담감이 따라다닐 수밖에 없다. 영재가 영재로 불리는 것에 대한 심리적 부담감은 영재로 인식되기 때문에 겪어야만 하는 부정적 경험을 반영하고 있다. 심리적 부담감을 심하게 느끼는 영재들은 친구들과의 원만한 관계 형성을 위해 자기 자신을 또래들 수준으로 끌어내려 그들과 동등한 위치에 도달하려고 한다. 즉, 자신의 영재성을 부인하며, 자신의 재능을 숨기고 자신이 평범한 다른 친구들과 별반 다를 게 없음을 의도적으로 강조하고 증명하는 행동으로 나아간다는 것이다. 이는 영재가 영재로 인식되고 정당하게 인정받는다고 해서 언제나 행복이 보장되는 것이 아님을 보여준다.

영재라는 신분(?)은 주변의 몰이해, 시기, 질투 등의 반응을 낳을 수 있다. 영재는 특별하다는 신화는 아직도 건재하고 많은 사람이 자녀의 능력을 시험하려들 수 있다. 그들의 기준에 부합하지 않을 때 당신의 자녀가 무슨 영재냐며 영재라는 것에 의문을 품을 것이다. 하지만 부모는 영재라는 것이 그 자체로 성공이나 특정한 결과물을 의미하는 것이 아님을 잘 이해하고, 그것을 이해했다면, 아이가 특별하므로 그것을 자랑하려고 주변에 알리는 것이 아니라, 아이가 제 본연의 모습대로 존중받기 위한 차원에서 알리는 것임을 분명히 해야 한다.

어쩔 수 없이 따라다니는 부정적 편견에는 대응하는 힘을 기르는 편이 낫다. 직접적이든 간접적이든 시기와 질투는 따라다니게 마련이다. 영재를 비정상적인 것으로 보려는 사람, 가장 큰 약점을 찾아내 그것만 공격하는 태도는 흔하다. 어려서부터 이에 대응하는 훈련을 통해 강한 내공을 기르는 것이 아이에게 훨씬 도움이 된다.

아이의 고민에 대해 진정성 있는
태도로 대화에 임하라

앞에서 살펴본 바처럼 영재들은 비교적 어린 시절부터 자기 자신만의 기준과 세계관이 형성되고 이 세상의 거시적인 부분들에 대해 고민하기 시작한다. 학교에서는 언어 예절과 인사 방법에 대해 가르치지만 아이는 벌써 '도덕의 이중성'과 '도덕적 모순'에 대한 철학적 고민을 하고 있을 수 있다. 아이가 철학적인 주제나 거시적인 주제로 고민을 하고 있다면 부모는 아이와 진지한 태도로 대화해주고 어려운 개념들에 대해 기꺼이 토론 상대가 되어줄 수 있어야 한다. 아이의 사소한 생활 태도를 지적하면서 아이의 거시적인 고민을 쓸모없는 것으로 치부한다면 최악이다.

의견 표출을 억압받고 좀 더 보편적인 상태가 되도록 강요받는 영재들은 자신의 행동을 점검하면서 주변 사람들의 눈치를 보기 시작한다. 사람들과 별문제 없이 지내기 위해, 사회적 관계의 안녕과 심리적 안정을 위해 스스로 언행을 억압할 동기를 느끼는 것이다. 하지만 이러한 상태가 지속할 경우 결국 감당하지 못하고 폭발하거나 우울증에 빠질 가능성이 크다.

그래서 고민을 적절히 표출하고 부모와 대화를 통해 해소하는 것이 중요한 것이다. 진정한 정서적 안정은 자신을 억압하는 것이 아니라 적절히 표출할 때 달성될 수 있다. 자신의 내면을 무조건 억압하는 것은 당장 표면적 안정을 위해 언제 터질지 모르는 폭탄을 축적해 놓는 것과 같다. 그 작은 폭탄 하나하나가 계속 축적되고 나면 감성이 예민한 영재들의 마음에 큰 상처를 남길 것이다. 아이가 자신이 겪고 있는 정서적 불안을 마음속에만 담아두고 아무 문제가 없는 것처럼 행동하는 것은 아닌지 부모는 늘 살펴봐야 한다. 그리고 아이의 기쁨이나 긍정적 감정 말고도 슬픔, 분노, 질투와 같은 부정적인 감정도 함께 나눌 수 있어야 한다. 아이는 자신의 감정을 솔직하게 표현하고 부모는 그것을 잘 들어주는 것만으로도 아이는 부모에 대한 진실함을 느낄 수 있을 것이다. 영재 아동의 고민은 또래와 나눌 수 있는 것들이 아니므로 부모의 역할이 차지하는 비중이 크다.

아이가 무엇에 관심 있는지, 무엇을 표현하고 싶은지 주의 깊게 살펴보자.

아이와의 대화를 말하기, 쓰기의 산출물로 만들어라

아이가 어떠한 주제에 관심이 있는지, 무엇을 표현하고 싶은지, 어떠한 정서적 어려움을 겪고 있는지를 알게 되면 되도록 아이와 많은 대화를 시도하는 것이 좋다. 다만, 아이와의 대화를 즉흥적인 수준으로 끝내지 말고 스마트 폰의 녹음기능을 활용해 녹음하거나, 자기 생각을 글로 표현하게 하는 등 산출물을 남길 것을 권장한다. 처음에는 한두 가지 주제로 시작했던 것이 점차 쌓여 수십, 수백 개의 산출물로 나타날 것이다. 이 과정에서 아이는 자신의 지적 호기심과 고민을 해소하여 정서적 안정을 되찾게 되고, 덩달아 논리력과 표현력까지 크게 향상될 것이다. 산출물은 나중에 아이의 영재성을 학교에 입증해 낼 수 있는 참고 자료로도 활용이 가능하니 일 석 삼조라고 할 수 있다.

한국에서 교육을 받는 학생들은 객관식에서 정답을 골라내는 훈련만 계속 반복하기 때문에, 자기 생각을 말이나 글로 표현하는 능력이 상대적으로 부족한 경우가 많다. 대학교에 진학할 때까지는 객관식에서 정답을 골라내는 능력이 중요하겠지만, 학교를 졸업하고 성인이 되어 사회에 진출할 때는 말하기 능력과 글쓰기 능력이 곧 그 사람의 진짜 경쟁력이 된다. 영재 아동이든 보통의 아이든 자기 생각이나 감정을 말이나 글로 정리하여 전달하게 하는 훈련은 매우 필수적이라고 할 수 있다.

글쓰기로 얻을 수 있는 것들

첫째, 자신만의 상상력을 최대한 동원해야 하므로, 깊게 생각하는 능력을 기를 수 있다.
둘째, 자신의 생각을 논리적으로 정리할 수 있는 능력을 기를 수 있다.
셋째, 자신의 논리를 알기 쉽게 표현하는 능력을 기를 수 있다.
넷째, 사람들과 소통하고 공감하는 능력을 기를 수 있다.

위에서 첫째와 둘째는 창조적 상상력, 융합적 사고력, 논리력을 기르는 것과 관련이 있고, 셋째와 넷째는 사람들과 의사소통하고 공감하는 능력을 기르는 것과 관련이 있다. 머릿속에 아무리 기발한 아이디어를 떠올려도, 그것을 글로 정리해서 사람들과 공유할 수 없다면, 별 의미가 없게 된다. 그래서 글쓰기를 통해 자신의 생각을 정확하게 표현하는 훈련이 아이들에게 꼭 필요하다.

글쓰기는 종합적 사고력을 요구한다. 글을 쓴다는 것은 단순히 펜을 들고 종이 위에 글자를 써내려가는 행위를 넘어 문제의 본질을 해석하고 적합한 해결방안을 찾아내는 사고의 과정을 함축한다. 기존의 틀에서 벗어난 새로운 관점을 요구하기도 한다. 글쓰기는 많은 생각을 요구하기 때문에 꾸준히 글을 쓰는 것만으로도 생각하는 두뇌의 근력이 강해질 수 있다.

독서는 지식의 습득 과정이며, 쓰기는 지식의 생산 과정이다.
글쓰기는 인간의 이성과 감성이 고도로 융합된 창작행위로 인공지능이 쉽게 대체할 수 없는 영역이다.

건강한 자기상의 형성이 중요하다

젖먹이 영아는 자의식을 가지지 않는다. 나와 타인, 나와 다른 존재의 구별이 뚜렷하지 못하다. 그러나 점차 외부 환경과 접촉하고 자기의 여러 부분이 한데 모여 통합되면서 아이는 점차 뚜렷한 자의식을 갖게 된다. '나'와 '내가 아닌 다른 것' 사이의 경계를 정확히 인지하게 된다. 자기상을 갖는다는 것은 자신이 생각한 '나'가 어떤 사람인지를 구축할 수 있고 또 그러한 자기상에 영향을 받아 판단 및 행동함을 의미한다. 자기상은 자신이 타인과 무엇이 다른지를 탐색하고 깨닫는 과정에서도 구축된다. 가장 기본적인 차원은 가정에서 일어나며, 그다음엔 선생님 그리고 자신과 같은 또래들이 모여있는 학교의 교실에서 일어난다.

타인들이 나를 어떻게 보고 있는지에 대한 메시지 역시 자신의 정체성을 구축하는 주요 요소가 된다. 그렇기에 부모와 교사는 아이들에게 말을 할 때, 매우 주의해서 해야 한다. 사회 경험이 풍부하고 확고한 정체성이 확립된 어른들은 상대방이 던지는 메시지의 의도와 영향력을 스스로 판단해서 어느 정도 받아들일지를 판단할 수 있지만, 아이들은 그렇지 못하다. 예를 들어, 부모가 아이에게 "넌 어떻게 제대로 할 수 있는 게 없니?"라고 말할 때, 이것은 분명 특정 상황에서 아이의 특정한 행동을 나무란 것이지만, 아이는 이 말을 자기 정체성과 곧바로 연관 지어 받아들인다. 이러한 말을 자주 들으며 성장한 아이들은 자신에 대해 매우 부정적인 이미지를 갖게 되고 이는 앞으로의 판단과 태도, 행동에도 큰 영향을 미칠 것이다. 특히 정서적으로 더 예민한 영재 아동이라면 말이다.

부모와 교사는 아이에게 가능한 긍정적인 메시지를 주려고 노력해야 한다. 버릇을 고치겠다는 의도로 이것저것 너무 직설적으로 지적하고 벌주는 것은 자기 자신에 대한 평가절하를 낳는다.

아이의 자존감은 태어날 때부터 정해져 있는 것이 아니다.
부모와의 애착 관계, 사회적/문화적 환경이 복합적으로 작용해 초등학교에 입학하는 시점인 8세 무렵 자존감의 수준이 결정된다. 이때 형성된 자존감이 아이의 미래 운명에 커다란 영향을 미치게 된다.

타고난 재능이 우수한 영재라고 해도 자존감이 약하게 형성되면 학교나 조직에서 겪는 어려움을 극복하지 못할 가능성이 크다.

아이의 자존감 형성에는 부모와의 애착 관계가 다른 부수적 요인보다 미치는 영향이 훨씬 크다. 자존감이 높은 엄마는 아이의 행동에 쉽게 감정을 드러내지 않으며 참고 인내하며 배려한다. 반면 자존감이 낮은 엄마일수록 아이의 조그만 실수에도 성난 감정을 드러내며 아이를 주눅 들게 만든다.

특히, 열등감과 피해의식이 강한 부모에게서 자란 아이는 그러한 부모를 닮는다는 보고도 있다. 대물림되는 것은 '부' 나 '재능' 만 있는 것이 아니다. 자존감도 대물림 된다.

09

영재성 자체보다 노력과
도전을 칭찬하라

모든 부모는 '칭찬'이 아이의 자존감 향상에 큰 도움이 된다고 생각한다. 물론 칭찬은 고래도 춤추게 한다는 말이 있듯이 칭찬은 과제에 대한 아이의 동기를 유발하고, 부모가 자기 자신을 믿어준다는 정서적 안정감을 느끼게 해 줄 수 있다. 하지만 필자는 칭찬하는 것 자체가 중요한 것이 아니라, '어떻게 칭찬을 할 것인가'가 더 중요한 문제라고 본다.

영재 자녀를 둔 부모나 범재를 둔 부모나 "너는 똑똑하니까 어떤 과제든지 다 잘 해낼 수 있을 거야", "너는 똑똑하니까 이것보다 더 어려운 것도 해낼 수 있을 거야" 같은 말을 자주 쓴다. 하지만 아이의 재능을 칭찬하는 것은 아이의 자신감을 길러주는 긍정적 측면도 있지만, 어른들의 기대에 부응해야 한다는 압박감을 심어주는 역기능도 있다. 특히 칭찬을 받는 아이가 정서적으로 민감한 영재 아동에 해당할 경우 더욱 심각하게 받아들일 수 있다. 이와 관련된 유명한 연구 결과가 있는데 그 것은 바로 1990년대 스탠퍼드의 심리학자 캐럴 드웩(Carol Dweck)이 학령기 아동들을 대상으로 한 실험이다.

드웩은 학령기 아동 400명에게 쉬운 퍼즐 문제를 풀게 한 후 임의로 두 그룹으로 나누었다. 첫 번째 그룹에는 그들의 타고 난 지능을 칭찬했다. 타고난 지능이 높기에 퍼즐 문제들을 잘 풀어낸 것이고 다른 문제들도 쉽게 해낼 수 있을 것이라는 기 대감을 고의로 표출한 것이다. 반면 두 번째 그룹에는 타고난 지능이 아닌 노력에 대해서 칭찬했다. 과제의 성취 여부는 자 신의 노력에 달려있다는 점을 강조한 것이다. 그 후 각 그룹은 두 번째 퍼즐 문제를 풀라는 제안을 받았다. 두 번째 퍼즐 문제 는 첫 번째 퍼즐 문제와 달리 난이도가 쉬운 것과 어려운 것 두 유형 중 하나를 선택할 수 있게 되어있었고, 그 결과는 다음과 같다.

타고난 지능을 칭찬받았던 첫 번째 그룹의 반 이상은 쉬운 유형의 퍼즐을 선택했고, 노력을 칭찬받았던 두 번째 그룹의 학생들은 90%가 어려운 유형의 퍼즐을 선택했다. 이 실험 결과가 영재를 둔 부모와 교사들에게 주는 교훈은 분명하다.

타고난 재능을 믿는 학생들은 자신의 역량을 뛰어넘는 도전에 관해 소극적이게 된다. 자신의 재능을 믿어주었던 부모님과 선생님을 실망하게 하기 싫으며, 자신의 재능이 훌륭하지 못하다는 사실을 마주하는 것도 겁이 나기 때문이다. 만약 재능을 칭찬해 주면서 아이의 실패에 대해서는 엄하게 질책한다면 더욱더 나쁜 결과를 초래할 것이다. 자신의 재능이 부정당할 수 있는 과제에는 도전 자체를 하지 않게 될 것이다.

물론 아이의 재능을 칭찬해 주는 것도 필요하겠지만 여기서 필자가 말하고자 하는 바는 '재능' 못지않게 '노력' 에 대한 칭찬으로 아이의 적극적 시도와 도전을 유인할 필요가 있다는 것이다. 아이의 실력보다 고의로 한두 단계 정도 높은 과제를 내주고, 평소보다 낮은 수준의 결과가 나온다 해도 끝까지 과제를 해결하려는 아이의 노력과 도전 자체를 강조하여 칭찬해 주어야 한다.

실패의 누적은 회복 탄력성을 높여준다

회복 탄력성이란 어렵고 힘든 과제가 나타나도 그대로 주저앉지 않으며 정신적 안정을 유지한 채, 계속 앞으로 나아갈 힘을 말한다. 회복 탄력성이 강한 아이는 삶에서 어려운 상황을 맞이해도 다시 조율을 통해 안정된 삶을 구축해낼 수 있다. 이는 인성을 구성하는 매우 중요한 요소 중 하나다. 높은 회복 탄력성을 지닌 영재들은 각 상황에서 자신의 타고난 잠재력과 적응력을 발달시키면서 아동기와 청소년기를 무사히 헤쳐나갈 수 있다. 이 아이들에게 있어 마주하는 장애물과 어려움은 자신의 힘을 확인하고 자신의 성장 과정을 더욱 풍요롭게 만들어줄 수단에 불과하다. 향후, 성취 영재로 성장할 가능성이 크다. 하지만 안타깝게도 모든 영재가 높은 회복 탄력성을 갖는 것은 아니다. 영재라는 것 자체가 회복 탄력성을 보장하는 것은 아니다. 영재라는 것은 오히려 탁월한 잠재력과 함께, 취약함이라는 위험요소를 내포하고 있다. IQ가 높은 영재라고 해도 회복 탄력성이 낮다면, 실패에 대한 두려움이 새로운 시도와 도전을 할 수 없도록 만들 것이다. 결국, 타고난 영재성을 제대로 발휘하지 못하게 된다.

반복되는 실패의 경험을 통해 아이의 회복 탄력성을 높여줄 수 있다. 실패가 생각보다 두려운 것이 아니며, 세상은 자신의 노력과 시도에 손뼉 쳐 준다는 좀 더 여유로운 마음을 가질 수 있도록 해야 한다. 특히, 아이가 실패한 부분을 자발적으로 다시 도전하여 해결할 경우 충분한 칭찬과 보상을 주는 것이 좋다. 자신의 실패에 대해 회피하지 않고 다시 도전하는 것 자체만으로도 칭찬과 격려를 받을 수 있다면, 아이는 더욱더 어려운 과제에 자발적으로 도전할 것이다. 실패를 담대하게 마주하고 그것을 극복하는 과정을 통해 긍정적인 자아상(자기효능감)을 형성하게 될 것이다. 실패란 자신의 재능을 부정당하는 극단적인 사건이 아니라, 일상 속에서 흔하게 반복될 수 있고 자신의 노력에 따라 얼마든지 극복할 수 있는 것이라는 자신감을 심어주어야 한다. 그러면 아이는 도전적이면서도 신중한 완벽주의 성향까지 고루 갖춘 훌륭한 인재로 성장하게 될 것이다(완벽주의는 그 자체로 부정적인 것이 아니다. 적정한 수준의 완벽주의는 과제 달성의 성공률을 높여줄 수 있다).

10

......

평범한 친구들과의 인간관계

영재들은 자기의 인생이 기다림과 인내로 점철되어있다고 생각한다. 다른 사람들을 기다리느라 시간을 허비하고 있다는 피해의식도 갖기 쉽다.

기다림과 배려의 미덕을 가르쳐줄 필요가 있다.

비범한 잠재력을 가진 영재는 다른 사람들보다 앞서간다. 하지만 지나치게 앞서가다 보면 같이 있었던 사람들이 어느새 보이지 않게 된다. 앞서가는 만큼 다른 사람들의 속도에 맞춰줄 수 있는 배려도 가끔은 필요하다. 친구들을 비롯한 이 세상 사람들은 저마다 각기 다른 가치관과 관심사를 가지며, 나름의 역할이 존재한다는 것을 깨달아야 한다. 자신보다 재능이 부족한 친구라도, 자신과 전혀 반대되는 관심사를 가진 친구라도 모두 자신의 삶에 영향을 미치는 존재들이다. 영재 아동은 삶에서 추구할 수 있는 다양한 기대치를 균형 있게 조율할 수 있어야 한다. 혼자서 이 세상을 살아갈 수 있는 사람은 없다. 만약 아이가 항상 혼자인 상태로 성장하게 되면, 아이의 사회성을 비롯한 기본적인 사교적 기술이 모자랄 수밖에 없다.

그 때문에 자기 자신보다 지적 수준이 낮거나 관심사가 다른 아이들을 기다리고 배려해 줄 수 있도록 지도해 주어야 한다. 만약 아이가 추상적이고 어려운 단어를 사용하거나 너무 한 가지 주제에 대해서만 몰두한다면 친구들이 이해하기 어려워한다는 점을 알려줄 필요가 있다. 또한 "너는 영재이기 때문에 남들과 달라"라는 식의 표현은 아이를 더욱더 외롭게 할 수 있다. 다른 아이들과 비슷한 점 역시 많다는 점을 강조하여 괴리감을 좁혀 나갈 수 있도록 지도하는 편이 더 나을 것이다.

많은 친구를 사귀도록 부담을 줄 필요는 없다

아이가 가정과 학교 안팎에서 가능한 많은 친구와 어울리며 사교 활동을 할 줄 알아야 한다는 것이 많은 부모의 믿음이다. 하지만 그 명제가 누구에게나 똑같이 적용되어야 하는 것은 아니다. '친구'라는 개념에 대한 영재들의 생각은 보통 사람들의 생각과 다를 수 있기 때문이다. 이들은 자신들의 생각을 공유할 수 있는 소수의 사람과 깊은 관계를 선호하는 편이다. 지능이 우수하고 창의력이 뛰어난 영재들은 자신만의 과제에 몰두하여 어떠한 성취를 이루어 내려는 욕구가 강하기 때문에 양적으로 많은 친구를 필요로 하지 않을 수도 있다. 자기 생각과 독창성을 존중해 줄 수 있는 특별한 친구가 곁에 1~2명만 있다면, '특이'와 '특별'을 구분하지 못하는 친구 대다수에 대한 억울함과 서러움도 이겨 낼 수 있다. 깊은 관계를 맺는 소수의 친구가 소외감을 떨쳐내는 데 결정적인 역할을 하는 것이다.

나이가 같다고 해서 친구인 것은 아니다

영재들은 사소해 보이는 문제에 대해서도 친구들에게 도전적인 태도를 보이기도 하고, 그들에게 이해와 공감을 구하기도 한다. 하지만 지적으로 너무 앞서 나가는 영재 아동의 경우 또래들에게는 이해와 공감을 기대할 수 없게 되는 경우가 많다.

그 때문에 자신보다 나이가 많은 선배나 어른들과 이야기하는 것을 더 좋아하는 경향을 보이며 이들을 친구로 여기는 영재들이 많다.

감정을 세련되게 표현하도록 지도하라

아이들은 자신의 감정을 좀 더 적절하고 세련되게만 표현한다면, 다른 사람들로부터 공감을 얻어낼 수 있음을 깨달아야 한다. 그러한 깨달음 없이 자신의 감정을 억눌러 숨기려고만 한다면, 결코 긍정적인 자아상을 형성할 수 없다. 영재들은 다양한 감정을 느끼고 그것에 분별력 있게 대처하는 훈련을 해야 한다. 감정을 느끼는 것 그 자체는 잘못된 것이 아니지만, 그것을 표현하는 방법이 잘못된 것일 수 있음을 알아야 한다.

감정은 그 자체로 논리적인 것은 아니지만, 논리적 사고에 영향을 주며, 인생을 살아가는 데 매우 큰 변수로 작용한다. 그러니 영재도 다른 사람들처럼 자신의 감정을 잘 인지하고 그것을 적절히 표현할 뿐 아니라, 반대로 상대방의 감정을 이해해야 한다. 영재는 자신이 남들과 다름을 인지하면서도, 무엇인가 중요한 가치를 공유하고 있음을 느끼도록 해야 한다. 유대감, 소속감은 똑똑한 아이든 덜 똑똑한 아이든 모든 사람에게 필요한 것이다. 이것 없이 뛰어난 자신의 재능에 대한 신념만으론, 긍정적 자기상을 형성하기 어렵다.

영재가 정서적 안정을 얻으면, 세상 속 자신의 위치에 대해 만족할 뿐만 아니라, 자신보다 지적으로 부족한 사람들과도 공감대를 형성할 수 있다. 타인의 눈으로 세상을 바라볼 수 있게 되면 인식이 폭이 넓어지고 주변 사람들에 대해 너그러워지게 된다.

또래와 어울리기 위해 영재성을 감출 필요는 없다

스스로 고독을 견디지 못한 영재들의 경우 또래들과 어울리기 위해 자신의 재능을 감추고 평범한 척을 하기도 한다. 하지만 아이가 주변 친구들과의 원만한 관계를 위해 자신의 영재성을 부정하려 든다면, 그럴 필요가 전혀 없음을 가르쳐야 한다. 남들이 자신에 대해 내리는 평가에 따라 휘둘리는 인생을 사는 것만큼 불행한 것도 없다. 남과 달라 보이는 것에 대해 불안해하고 정상적으로 보이는 것에 집착하게 되면 내면의 고유함이

아니라 겉으로 보이는 대외용 인격을 유지하는데 더 큰 노력
과 시간을 허비하게 된다. 자신을 믿고 앞으로 나아갈 수 있도
록 지도하자.

11

관습파괴의 대가를 알려라

영재들은 자신의 약점과 한계를 빨리 알아채지만, 이는 타인들의 결점에 대해서도 마찬가지다. 특히, 영재들은 자신들이 수긍할 수 없는 허술한 설명을 매우 싫어하기 때문에, 이러한 영재의 특성이 교사나 부모와의 갈등을 유발할 수 있다. 예를 들어, 부모가 "대충 다 그런 거야"라며 어른이라는 지위로 어떤 생각을 강요하려 들면 그것을 순순히 받아들이지 않는다. 이들은 상대가 틀린 말을 한다고 판단될 경우 '그건 틀렸어요.' 라고 이야기할 수 있다. 어른들의 지사나 규칙이 부당하다고 느낄 때 그것을 분석하고 의문을 제기한다. 이러한 지적은 어른들을 당황하게 하고 불쾌하게 만들기 쉽다 (특히 영재 성인의 경우 직장 상사와의 관계에 좋지 않은 영향을 줄 여지가 크다). 부모의 관점에서는 영재 자녀에게 '어른이 말씀하시면

함부로 말대꾸하면 안 된단다'를 가르쳐주고 싶었을 것이나, 이는 지능이 높은 영재들에게 통하지 않는다. 하지만 이러한 도전은 권위에 대한 도전이기보다는 자신의 지적 욕구를 충족시키기 위한 도전으로 보는 것이 좋다(현명한 부모라면 아이를 충분히 이해시켜 지적 도전을 극복할 수 있을 것이다).

영재의 발달한 확산적 사고와 뛰어난 창의성 역시 학교와 직장에서 갈등의 원인이 되기도 한다. 모든 조직에는 나름의 형식과 규칙이 존재하는데, 확산적 사고가 발달한 창의적 영재들은 기존 권위나 전통에 대해 별로 우호적이지 못할 가능성이 크며, 이들이 내놓는 발상은 사회적으로 용인되거나 용서되기 어려운 것들이 많다. 영재 중에는 자신들이 창의적이고 혁신적이어야 한다고 생각하여 일상의 사소한 활동조차도 새롭고 유별난 방법으로 시도해 보려는 이들이 많다. 그 방법이 다른 사람들이 보기에 우아하고 정상적으로 보이는가 하는 것은 별로 문제가 안 된다. 영재들이 새롭고 혁신적인 방법을 시도하는 이유는, 단지 그들의 우수한 지능이 이러한 행동을 요구해 오기 때문이다.

하지만 아이가 그저 재미로 전통을 깨도록 해서는 안 된다.

물론, 전통은 그 자체로 비합리적인 요소도 지니고 있지만, 지금까지 유지되고 있는 데는 나름대로 특정한 목적과 이유가 있기 때문이다. 사람들이 익숙한 규칙에 집착하는 이유는 그것에 안정감을 느끼기 때문이다. 누군가 그 안정감을 뒤흔들려 한다면 당연히 적개심을 품게 될 것이다. 영재들은 이 점을 잘 이해해야 한다. 아이의 독창성을 존중해주되 지나친 관습 파괴에는 큰 대가가 따른다는 사실을 알려줄 필요가 있다. 아이의 독창성을 검열하라는 것이 아니라, 그 독창성이 좀 더 세련되고 사람들의 공감을 끌어낼 수 있는 방식으로 표현될 수 있도록 지도하는 것에 핵심이 있다.

아이의 독창성은 존중해 주어라

아이가 어른의 지시를 따지지 않고, 조직의 규칙에 대해 반항적인 태도를 보인다면 부모로서는 걱정이 되는 것이 사실이다. 이러한 태도는 인성적으로 좋은 평가를 받지 못할 가능성이 크며, 기본적으로 원활한 사회생활을 저해할 수 있기 때문이다.

아이의 원활한 사회생활을 위한 훈육도 필요하지만, 아이의 이러한 특성을 무조건 잘못된 것으로만 판단하지는 말자.

생각해보면, 한 분야를 개척하고 이 세상을 바꾸어 놓는 사람들은 대부분 무난한 인성과 거리가 멀었다.

보통 사람들이 쉽게 순응할 수 있는 보편적 진리에도 이성적이고 날카로운 잣대를 들이대며 불협화음을 일으키는 경향이 크다는 것이다. 어찌 남들과 똑같은 생각, 똑같은 사고방식을 가지고 위대한 창조와 혁신을 이루겠는가.

만약, 스티브 잡스와 아인슈타인에게 좀 더 예의 바르고 무난한 성격을 가질 것을 강요했다면, 이들은 자신의 에너지를 제대로 펼칠 수 없었을 것이다.

세상의 정답에 만족하지 않고 자신만의 세계를 내면에 구축한 이들은 결국 세상을 바꿔 놓았다.

아이가 남다른 지성과 창조성을 타고났다고 본다면, 이러한 아이의 태도도 나쁘게만 보이진 않을 것이다.

12

······

영재 동생과 평범한 형

남매간 터울이 4년 이상 차이가 난다면 큰 문제가 없지만, 평범한 형 아래 1~2살 정도 나이가 적은 영재 동생이 존재한다면 서로 간에 감정적 어려움이 발생하기 쉽다. 나이가 비슷하기에 학교에 진학하는 시기도 비슷하고, 서로 간 재능의 차이가 가시적으로 나타나기 쉽기 때문이다. 뛰어난 영재 아동의 경우 1~2년 차이 나는 형의 재능을 훨씬 앞서 나갈 수 있다. 아무래도 부모로서는 재능이 특출 난 아이가 집안의 가장 큰 자랑거리가 되며, 학부모들 사이에서 곧잘 화제의 중심이 된다. 그 때문에 영재 동생을 둔 평범한 형의 처지에서는 부모의 관심과 사랑을 동생에게 빼앗겼다는 질투를 느끼기 충분하며 영재인 동생 역시 그러한 형의 불편한 감정을 알아차리게 된다. 이때 부모의 역할은 형제를 공정하게 대하는 것이다. 공정하게 대하라는 것은 아이들을 산술적으로 동등하게 대하라는 것이 아니라 다음과 같이 각자의 능력과 특성에 맞게 조화를 이룰 수 있도록 지도하라는 뜻이다.

첫째, 숨어 있는 재능을 간과하지 말자.

보통, 자녀 중 한 명이 특정한 재능을 갖춘 영재일 경우 부모는 그 분야를 기준으로 다른 자녀의 재능까지 평가하는 경향이 있다. 하지만 아이마다 보유한 재능이 다를 수 있음을 알아야 한다(우리는 이미 하워드 가드너의 다중 지능이론을 살펴보았다). 수학, 과학 등의 재능은 학교에서 시험이라는 도구를 통해 비교적 쉽게 발견할 수도 있고 평가 방법도 비교적 객관적이다. 하지만 미술적 재능이나 문학적 재능은 발견되는 게 쉽지 않으며, 발견된다고 해도 비교적 늦게 꽃 피우는 경향이 있다. 그 때문에 혹시 아이의 재능이 숨겨지거나 간과된 측면이 있지는 않은지 살펴볼 필요가 있다. 만약 뛰어난 문학적 재능이 숨겨진 첫째 아이가 동생의 수학적 재능과 비교당하면서 성장한다면 첫째는 장차 불필요한 곳에 열등감을 느끼게 되고 본래 타고난 자신의 재능에 대해서는 대수롭지 않게 여길 공산이 크다.

둘째, 각자의 장점을 칭찬하고 본받게 하자.

각자의 발달한 영역을 칭찬해 주되 각자가 지닌 약점에 대해서는 형제간에 서로 본받을 수 있도록 지도하자. 아무리 영재 아동이라 할지라도 모든 면에서 우수할 수는 없다. 그 때문에 영재가 아닌 범재 아동도 어떤 면에서는 영재보다 우수하다. 부모가 영재 아동의 발달한 강점만을 칭찬하면 아이는 우월감에 젖기 쉬우며 자신의 약점을 돌아보고 보완할 생각을 갖지 못하게 된다. 아무리 영재성을 지니고 있다 해도 자신의 약점이 존재하고 그것을 보완하는 데는 충분한 시간과 노력이 필요하다는 것을 깨닫게 해 줄 필요가 있다. 이러한 과정을 통해 영재 아동은 자만심을 경계할 수 있고, 범재인 아이는 자신이 동생보다 못하다는 열등감에서 조금이라도 벗어날 수 있을 것이다. 서로 간의 장점은 비교하여 본받게 하고 단점은 극복할 수 있도록 하자.

셋째, 재능 구분 없이 아이를 똑같이 사랑하라.

부모가 자녀의 재능에 중점을 두고 사랑과 관심을 표하게 되면, 영재 아동은 자신의 성과에 부담을 갖게 되고 현재 누리는 부모의 사랑과 관심에 대해 초조와 불안을 느낄 수 있다. 마찬가지로, 범재 아이는 부모의 관심과 사랑에 대해 결핍감을 느끼고 부모의 마음을 계속 확인하려 할 것이다. 부모는 아이들의 재능을 발굴하고 그것을 발현해낼 수 있도록 지도하고 지원할 의무가 있지만, 재능 자체에 상관없이 아이들을 똑같이 사랑하고 존중해야 한다. 한 아이가 우수하다고 해서 그 아이만 차별적으로 대우한다면, 범재인 아이는 소외감을 느낄 수 있다. 각자의 노력과 성과를 충분히 칭찬해 주되 아이들이 재능에 상관없이 사랑받는다는 느낌을 받을 수 있도록 하자.

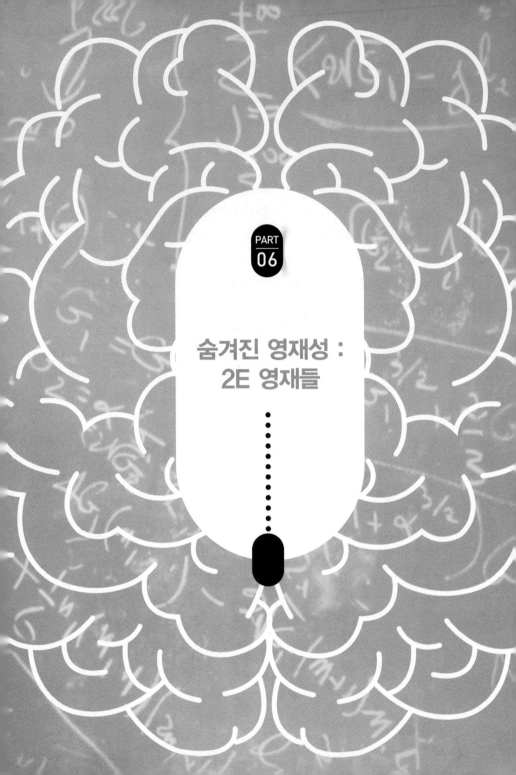

PART
06

숨겨진 영재성 :
2E 영재들

앞에서는 영재들의 정서적 특징에 대해 다루었지만. 이번 장은 아스퍼거 증후군, ADHD(주의력결핍 장애), 자기애적 인격장애 등 정신 병리에 대해 다루어 본다. 어떤 면에서, 영재들의 일반적 상태가 특정한 정신 병리 증상과 유사하므로, 이를 명확하게 구분하기 쉽지 않으며, 실제로 영재인 동시에 정신질환을 지닌 경우도 존재한다. 영재성과 정신질환에 대해 논할 때 주의할 점은 이 두 가지를 혼동하면 안 된다는 것이다. 혼동은 오진의 원인이 되기도 한다. 정확한 진단과 처방은 영재교육 전문가나 심리전문가에 의해서만 진행될 수 있다.

영재성과 정신질환

영재성과 정신질환에 대해 논할 때 주의할 점은 이 두 가지를 혼동해선 안 된다는 것이다. 혼동은 오진의 원인이 되기도 한다. 예를 들어 아이가 감정 기복이 심한 모습을 보인다면 어떨까? 심한 감정 기복은 조울증의 대표적 증상이므로 아이에게 조울증이라는 진단을 내려야 할까? 하지만 아이가 영재에 해당한다면? 영재들은 사고의 속도가 일반인보다 빠르고 짧은 시간 동안 자기에게 좋고 나쁜 여러 가지 기억들을 동시다발적으로 떠올릴 수 있으므로 감정 역시 순간적으로 극단을 오갈 수 있다. 하지만 이는 영재 특유의 인지적 작동의 결과이지 양극성 장애(조울증)와는 차이가 있다. 표면적 증상은 유사하지만 서로 다른 정신 작용으로부터 기인한 것이다.

마찬가지로, ADHD는 몸을 자꾸 움직이거나 어느 하나에 제대로 집중하지 못하는 등 산만한 모습으로 나타나는데 이는 영재가 특정 대상에 대해 느끼는 강렬한 호기심으로 인한 과흥분성과 유사하며, 역시 오진의 가능성이 있다. 높은 지능과 통찰력으로 인해 겪게 되는 존재론적 고민이 외부의 시선에서는 우울증으로 보일 여지가 있다.

또한, 영재들은 높은 지적능력으로 어느 한 대상에 몰입하는 특징을 갖는데, 그 과정에서 주변의 것들에 대해 무관심해지고 타인과의 관계에 소홀해질 수 있다. 이러한 영재의 특성은 아이를 자폐적 성향을 가진 것으로 오해하게 만들 수 있다(또래보다 높은 지적 수준 역시 원활한 인간관계의 걸림돌이 되기도 한다).

어떤 면에서, 영재들의 일반적 상태가 전통적 정신질환과 유사하므로 이를 명확하게 구분하기는 쉽지가 않으며, 실제로 영재인 동시에 정신질환을 앓고 있는 경우도 존재한다. 이러한 영재를 2E 영재라고 한다. 2E는 'Twice Exceptional'의 줄임말로 영재 중에 특별한 장애를 가지고 있는 아이를 말한다. 영재에 해당하거나 특정한 정신질환을 앓고 있거나 둘 중 어느 한 가지에만 해당하는 것도 드문 일인데, 이 두 가지 모두에 해당하는 것은 매우 드물다는 의미로 '두 배로 예외적인

⟨Twice Exceptional⟩'이라는 표현을 쓰는 것이다. 예를 들자면, 영재 아동이 난독증이 있거나, 아스퍼거 증후군이 있거나 ADHD가 있는 경우다. 이들이 일정한 장애를 지닌 것은 사실이지만 영재로서의 재능은 역시 감춰지지 않는다. 일례로 난독증이 있는 영재의 경우 구사한 맞춤법은 엉망진창이지만, 그 글 속에 담긴 생각과 아이디어에서는 해당 또래에게서는 기대할 수 없는 비범한 수준의 통찰력과 창의력이 엿보이기도 한다.

하지만 현실에서 이들의 영재성을 발견하는 것은 쉽지 않다. 영재성을 분명 가지고 있지만, 그 영재성이 장애에 가려져 보이지 않게 되는 경우가 많기 때문이다. 예를 들어, 뛰어난 추상적 사고력과 창의성을 가진 아이가 난독증이 있을 때 그 뛰어난 사고력을 사람들이 알아볼 수 없을 것이다. 아이가 자신의 뛰어난 사고력을 증명할 방법은 거의 언어적 수단밖에 없는데, 난독증이 그것을 저해하기 때문이다. 영재임에도 제때 영재로 판별 받지 못하면 그에 합당한 계발도 안내받지 못하게 되어 아이의 재능이 사장된다. 반대로 영재성을 인정받은 2E 영재라도 자신의 장애가 영재성에 가려져 별로 주목을 받지 못해, 장애를 완화하고 보완할 적절한 개입과 교육의 기회를 놓치게 된다면 나중에 성장하여 문제가 불거져 나오는 경우가 있다.

2E 영재들은 학교, 조직 생활에서 환영받지 못한다. 동료들에게도 이상한 사람으로 보이며, 말썽만 피우는 문제아로 낙인찍히기에 십상이다. 그러나 부적응자인 이들이 범인들이 함부로 흉내 낼 수 없는 독창적 잠재력을 보유한 영재임을 그 누가 알아볼 수 있을 것인가?

2E영재의 숨겨진 영재성과 장애를 조기에 진단하여 이들에게 적절한 교육의 기회를 제공한다면, 이는 개인적 성취와 행복뿐 아니라 사회적 차원에서도 큰 이익이 될 것이다.

덧붙여, ADHD를 비롯한 정신 병리 진단명 자체가 아이에게 짐이 되고 자존감을 약하게 만들 수 있으므로 아이를 잘못된 존재로 몰아가는 듯한 태도를 조심하고 삼갈 필요가 있다. 이와 관련된 한 실험이 있다. 학습에 장애를 보이는 영재들을 두 그룹으로 나누어 한 그룹은 장애아를 위한 수업을 듣게 하고, 다른 그룹은 영재를 위한 특별 수업을 듣게 한 후 아이들의 자아개념을 테스트한 실험이다. 실험 결과 자신들을 장애아로 규정한 수업을 들었던 학생들은 자아 개념이 낮게 나타났지만, 자신들을 영재로 규정한 영재수업을 받은 학생들은 자아 개념이 보통의 영재들과 비슷한 수준으로 나타났다. 이 실험 결과가 말해주는 것은 아주 명확하다. 아이의 장애보다는 강점에 초점을 두고 자신의 재능을 펼치게 하면 아이는 스스로에 대해 긍정적인 자아상을 형성할 수 있다는 것이다. 자신을 장애아로 대하는 환경보다는 발전 가능성이 큰 영재로 대하는 환경에서 성공적으로 성장해나갈 수 있다는 것은 명약관화다. 2E 영재의 장애를 조기에 발견해 그것을 완화시켜주는 것과 그들을 마냥 장애아로 취급하는 것은 전혀 다른 문제다. 어떠한 대상을 지칭하는 단어의 선정이 중요한 문제로 취급되는 것은 사람들의 생각과 믿음이 단어를 근간으로 하여 형성될 뿐만 아니라, 한번 형성된 믿음이나 신념은 이후의 태도와 행동에도 지속적인 영향력을 행사하기 때문이다.

아스퍼거 증후군과 영재성

아스퍼거 증후군(Asperger 's Syndrome)은 지능이 비교적 정상 이상으로 지능이 손상된 자폐증처럼 극단적인 수준은 아니지만, 타인과 상호작용하고 세상을 이해하며 정보를 처리하는 방식에 영향을 미칠 수 있는 장애다(지금은 자폐 스펙트럼 장애라는 명칭을 사용하는 것이 정확한 표현이다). 일반인들은 타인의 표정, 몸짓, 억양 등을 통해 상대방의 기분을 파악하고 이에 적절하게 반응할 수 있지만 아스퍼거인들은 이러한 신호를 읽는 것이 매우 어려운 일에 해당하며, 일상의 사회적 상황에서 어색함과 불편함을 자주 겪을 수 있다. 이들은 자신의 감정을 표현하는 방식에도 문제가 있다. 이들은 타인의 말을 지나치게 액면 그대로만 해석하는 경향이 있기에, 원활한 사회생활을 위해 꼭 필요한 농담과 빈정거림도 잘 수용하지 못한다.

아스퍼거 증후군에 해당하는 아이들의 특징

– 눈치가 없다. 타인과 소통하는 능력이 부족해 대인관계에 관심이 있음에도 불구하고 감정적 교류를 하는 것이 어렵다.

– 유머 코드나 남다르다. 웃어야 할 대목이 아닌 엉뚱한 대목에서 웃는다.

– 표정과 움직임이 어색하며, 상대방의 표정을 사회적 신호로써 적절히 해석하지 못한다.

– 한두 가지 특정한 대상에 집요하게 몰두한다. 일반인들이 사소하게 취급하는 물건이나 대상에 필요 이상으로 집착하는 모습을 보이기도 한다(수집벽이 있을 수 있다).

– 말투가 로봇처럼 밋밋하다.

– 단어를 이론적으로는 알고는 있으나, 적절한 문맥과 상황에 따라 활용하는 능력은 떨어진다.

자폐증이나 아스퍼거 증후군에 해당하는 사람은 모두 대인관계에 어려움을 보이고 공감력이 부족한 사람처럼 보이며 사회적인 신호나 단서에 둔감해 눈치가 없는 사람으로 여겨지는 특징이 있다.

하지만 자폐증이 극단적인(IQ가 70 미만에 해당하는 등) 지능 손상을 가져오는 것과 달리, 아스퍼거 증후군은(IQ 85 이상으로) 극단적인 지능의 손상까지 보이는 것은 아니다. 능력 간에 심각한 편차를 나타내기도 하지만 지능이 높은 경우 영재 수준(IQ 130 이상)에 해당할 수도 있으며, 이들 중에는 뛰어난 기억력과 언어 유창성을 보이는 예도 있다. 또한, 어느 한 가지 주제나 대상에 대해 깊이 있게 파고들며 방대한 지식을 습득하는 등 몰입의 행동 특성을 보인다는 점에서 영재 행동과 유사한 측면도 있다. 이에 따라 학자들은 아스퍼거 장애와 영재 행동 간에 어떠한 유사성이 있다고 판단하기도 한다.

대표적으로 아인슈타인, 다윈, 뉴턴, 앤디 워홀, 비트겐슈타인, 미켈란젤로 등 이름만 대면 알만한 천재들이 아스퍼거 증후군을 앓았던 것으로 추정되며, 이들은 공통으로 사교 활동에 거리를 두는 등 고립된 생활을 한 것으로 전해진다. 아인슈타인은 어린 시절 학교에 적응을 못 한 외톨이었으며, 7살 때까지 같은 몇 마디의 말을 계속 반복하는 등 전형적인 아스퍼거 증세를 보였다고 한다. 〈종의 기원〉을 써낸 찰스 다윈 역시 아스퍼거 증후군을 앓았을 것으로 추정되는데, 그는 사람들과 관계를 형성하는데 에러 사항이 많아 어린 시절을 주로 혼자 보냈다고 한다. 사람들을 만나는 것을 꺼려 편지로 대화를 주고받았으며 혼자서 비슷한 경로를 산책하는 것이 그의 주된 일상이었다. 조개나 곤충 따위를 집요하게 채집하는 등 자폐아 특유의 수집벽을 보이기도 했다.

이와 같은 천재들의 모습들은 자폐 스펙트럼 장애의 하나인 '아스퍼거 증후군'을 앓았을 것으로 추정하는 근거가 된다. 하지만 이들은 어떻게 아스퍼거 증후군에 뿌리를 내리고 독창성의 꽃을 피울 수 있었을까?

이들은 자신이 호기심을 느끼는 것이라면 무엇이든 이해가 될 때까지 포기하지 않고 끝까지 매달렸다고 한다. 아스퍼거인은 자신만의 복잡한 업무에 집중하면서 다른 요소들을 완전히 차단하는 능력이 탁월하다. 이들의 선택적 집중력은 기본적인 사회적 의무를 내버리게 만들고 때론 이들을 고립시키기도 하지만 동시에 극단적인 창조적 잠재력을 지닌 것으로 해석할 수 있다. 특정 대상에 집착을 보이거나 깊이 파고드는 성향은 영재 교육학 분야에서 말하는 몰입 행동과도 유사하므로 아스퍼거 증상과 영재 행동 간에 어떠한 유사성이 있다고 판단하는 학자들이 많으며, 실제 두 증상 중 어느 성향이 더 크게 나타나느냐에 따라 아스퍼거, 일반 영재, 아스퍼거 영재(둘 다 지 닌 경우)로 진단하기도 한다.

아스퍼거 증후군을 앓는 사람들은 모자란 사교성으로 원만한 사회생활에 어려움을 겪지만, 특정 분야에 대해서는 극단적인 몰입을 통해 비범한 성과를 도출해낼 수 있다.

자폐적 성향은 주변 환경을 무시하고 한 가지 목표에 집요하게 파고들 수 있도록 하는데 한몫할 수 있다. 보통의 인간이라면 이상을 향해 나아가면서 맞닥뜨려야 하는 삶의 불균형과 주변 사람의 희생을 버티지 못하기 때문에 중도에 이상을 포기하거나 이상의 높이를 낮춰 현실과 타협하기 쉽다. 하지만 자폐적 성향을 지닌 이들은 삶의 불균형 속에서도 하나의 대상에만 강박적으로 몰입할 수 있다. 오히려 그들에게는 균형보다는 불균형이 더 많은 심리적 안정과 행복을 가져다줄 수도 있다.

아스퍼거가 있는 사람들은 이른바 사회 안에서 일어나는 일들을 따라가고 기억하는 데 필요한 정신적 시간적 부담에서 벗어난다. 그만큼 정신적 자원을 재능계발에 돌릴 수 있다는 뜻이다. 이는 주변 상황에 전혀 신경 쓰지 않는 괴짜 천재들이나 괴짜 예술가들의 정형화된 사례에서도 찾아볼 수 있다. 비범한 재능을 가진 사람들은 친밀한 우정을 나눌 수 있는 동료들을 찾기가 더 어렵거나 재능 연마에 시간을 할애하기 위해 사교의 시간을 제한하고 있는지도 모른다.

실제로, 지능이 높은 사람들은 아스퍼거 증후군에 해당하지 않았더라도 사교적 활동에 별로 관심이 없을 가능성이 크다. 고독하면서도 행복을 느낄 수 있는 자기 충족적 재능이 높기 때문이다. 싱가포르 경영대 교수 노먼 리와 진화심리학자인 가나자와 사토시가 BJP(영국 심리학 저널)에 발표한 내용을 보면 지능이 높은 사람은 친구가 더 적을 때 큰 만족감을 느낀다고 한다. 미국 18~28세 남녀 1만 5천 명을 대상으로 IQ, 거주지역 인구밀도, 주변 사람들과의 친밀도 등을 고려해 행복도를 조사한 결과 IQ가 높은 사람만이 유독 친구가 많을수록 행복하다는 통념과 반대되는 경향을 보인다는 것이다.

이들은 행복을 다른 사람들에게 의존하지 않으며 고독 속에서도 행복을 느낄 수 있다(몰입을 통한 자기충족적 능력이 뛰어나다 볼 수 있다). 따라서 이들은 사회적으로 '정상'의 모습으로 보이기 위해서 그렇게 애쓰지 않는다. 실제, 세계적으로 위대한 발명가들은 사교 생활을 그다지 즐기지 않은 것으로 알려져 있다.

아마도 이들은 다른 사람과 함께 무엇을 즐기는 것보다는 자신의 목표를 달성하기 위해 일에 매진하는 것이 더욱 행복했을 것이다(학문적 성취의 효율을 위한 네트워크와 협력은 사교적 목적보다는 지적인 목적이 더 강하다).

우리의 모든 본능이 그러하듯이,
고독해지려는 본능에도 그 나름의 목적이 있다.
그것은 주위의 진부한 세계에서 아주 드문 섬세한 천부적인 자질을 지키려는 것과 같다.
높은 교양이 있으면 오히려 사람은 자기 계층 속에서 고립을 자초하게 되고 동료들에게 배척당하게 된다.
자기 계층의 보통 생활도 즐기기 어렵게 된다.
그래서 자기의 생각을 이해할 수 있는 소수의 친구를
원하게 되는데,
그러한 친구를 주위에서 발견할 수 없으면 혼자 책상에 앉아
일을 해버리게 된다.

−필립 길버트

아스퍼거와 영재성 구분하기

영재인 동시에 아스퍼거 증후군에 해당하는 아이도 있지만, 아스퍼거가 아닌 일반 영재 아동도 지적 수준의 차이에 따른 소통의 어려움을 겪을 수 있다(특히, IQ 145 이상의 고도 영재들은 학교에서 부적응할 가능성이 크다). 아이들은 상호작용의 수단으로써 게임이나 놀이를 통해 서로의 사상을 교류하고, 관계가 지속해서 발전하게 되지만 영재 아동이 만든 새로운 놀이 방법이나 규칙은 너무 복잡하고 어렵다. 또한, 구사하는 문장력이나 어휘 수준에서도 또래들과 큰 격차를 보인다. 이와 같은 요소들은 또래와의 원활한 의사소통을 저해하는 장벽으로 작용할 소지가 있다. 이처럼 수준 높은 어휘를 구사하는 영재의 모습은 아스퍼거 증후군 아이에게서도 발견되며, 영재 아동의 몰입의 특성 역시, 혼자서 특정 대상에만 계속 몰두하게 만들기 때문에, 사회성이 결여되거나 사회적 신호에 둔감한 것처럼 보이게 된다. 이런 영재를 바라보는 부모나 교사는 충분히 당황할 수 있다.

이처럼 영재성과 아스퍼거 증후군은 외부의 시각으로 볼 때 유사한 부분이 많다.

하지만 영재 아동과 아스퍼거 증후군 아이는 다음과 같은 차이를 보인다.

아스퍼거 증후군에 해당하는 아이는 전체보다는 지엽적인 정보만 처리하는 경향이 있고, 낱낱의 정보를 통합하여 의미를 구성하는 능력이 부족해 정보 처리가 단편적이다. 그 때문에 학습에 있어 단편적인 암기에는 별 어려움을 보이지 않지만, 구체적인 상황의 변화에 따라 암기된 지식과 정보들을 의미 있는 형태로 적용하는 데는 어려움을 겪는다. 현학적이고 높은 수준의 어휘를 사용하지만 정작 말의 쓰임이 부적절하며, 낮은 언어 이해력을 보이기도 한다. 또한, 사회적 단서들을 통합하지 못하기 때문에, 은유적 표현이 사용된 사회적 의사소통에 어려움을 보인다. 이러한 특성은 사회적 상황에 대한 이해의 부족과 함께 또래로부터 집단 따돌림을 당하게 되는 주요 원인이 되기도 한다.

반면, 영재 아동은 흥미를 공유하는 사람들과 상대적으로 정상적 대인관계를 유지할 수 있다. 타인의 감정과 대인 간 상황에 대한 통찰력을 지니고 있으며, 주제나 내용에 적합한 감정과 정서를 유지하고, 적절한 감정이입이나 동정을 표출할 수 있다. 또한, 충분한 자아 인식이 있어 타인에 대한 자신의 영향을 이해하며, 타인이 자신을 어떻게 지각하는지도 잘 인식할 수 있다. 어휘의 단순 암기는 물론 사회적 상보성이 함유된 유머와 은유적 표현을 이해하고 활용하는 것에도 문제가 없다.

가끔, 비전형적이고 기괴한 신체적 운동 양태를 보이일 수 있지만, 이는 대부분 스트레스나 과다한 에너지에 의한 일시적 증상일 뿐이다.

영재 아동이 아스퍼거에 해당하는 예도 있겠으나 단순히 지적인 수준의 차이로 관계적 문제를 겪는 경우라면 자신과 지적 수준 및 관심 대상이 유사한 학생들 사이에서는 다시 관계를 맺고 유지하는 데 별 어려움을 보이지 않을 것이다(실제로, 또래와의 관계에서 이질감을 느끼는 영재아들은 자신보다 나이가 많은 상급생이나 어른들을 상대로 대화나 놀이를 시도하는 경향이 있다).

영재이면서 아스퍼거인 경우

아스퍼거 증후군에 해당하여 문제 행동을 보이는 영재들의 경우 영재성 때문에 장애가 쉽게 간과되는 측면이 있다. 아이가 또래들과 잘 지내지는 못하지만, 학업성적이 양호하고 똑똑하기 때문에 별문제가 없다는 식으로 대수롭지 않게 넘어간 것이다. 하지만 IQ가 높고 사회성이 떨어지며 친구들 사이에서 괴짜로 취급받는 영재들은 아스퍼거에 해당할 가능성이 있다 (나이가 어린 아스퍼거 영재는 단지 사교적 기술이 부족해서 사람들과 원만하게 지내지 못하는 것처럼 보일 수 있지만, 장차 성장하게 되면 그 원인이 단순히 '사교적 기술' 부족에 있지 않다는 것을 깨닫게 된다).

아스퍼거 영재들은 다른 영재 아동들처럼 특정 주제에 몰입할 줄 알며, 아는 것이 많고, 실제로 똑똑하지만, 대화 주제가 지나치게 하나로 편중되는 문제를 보인다. 친구들의 표정이나 말투가 이야기를 그만 듣고 싶다는 신호를 표출함에도 그것을 알아채지 못하고 계속 같은 이야기만 하는 것이다. 아스퍼거 영재 아동은 또래들 사이에서 '똑똑하지만 좀 꺼려지는 친구'로 통하게 되며 해당 분야의 지적 도움이 필요할 때 외에, 사교적 교류에 있어서는 외톨이가 되기 쉽다. 아스퍼거 영재 아동은 성장 과정에서 점차 친구를 사귀는 것에 어려움을 느끼고, 심한 경우 상처가 누적되어 스스로 사람들을 멀리하는 모습을 보일 수 있다. 많은 사람과 협업을 해야 하는 업종에 종사할 경우 부적응할 수도 있다.

하지만 수학, 과학 등 체계적인 학문 분야와 연구원처럼 어느 한 가지에 전문적으로 집중할 수 있는 직종이라면 성공적인 결과를 맞이할 수 있다. 앞에서는 찰스 다윈의 사례를 다루었지만, 또 다른 사례로 1980년대부터 실리콘밸리에 아스퍼거 증후군 환자가 급증한 사실을 들 수 있다. 캘리포니아 실리콘밸리 지역은 IT산업이 발달한 지역으로 대인관계를 못하고 한 가지에 몰입하지만, 지능은 보통 이상으로 우수한 아스퍼거 증후군 환자들이 컴퓨터 프로그래밍이나 수학에 두각을 나타내기 쉬운 곳이다. 아스퍼거 영재 아동이 보이는 일상의 문제들을 보완하여 매끄러운 사회생활을 할 수 있도록 지도하는 것도 중요하지만 아이를 너무 잘못된 것으로만 간주하거나 특정한 환경에 끼워 넣으려고 하지는 말자. 스티브 잡스는 자유란 한 가지에 몰두할 수 있는 것이라 했다. 이것저것 다 얽매이다 보면 자유롭지 않게 되니 불필요한 건 없애는 주의다. 오히려 아스퍼거 증후군이 재능이 될 수 있는 분야 및 사회적 환경도 존재한다. 아스퍼거 증후군이 있는 영재들이 어느 하나에 제대로 몰입하면 아인슈타인이나 찰스 다윈처럼 굉장한 업적이 뒤따르는 경우가 많으니 알아두길 바란다.

ADHD(주의력결핍장애)와 영재성

주의력결핍 과다행동 장애(이하 ADHD)는 주의력 결핍이나 과다행동, 충동성을 주 증상으로 보이며 대부분 유전에 의한 선천성으로 어린 시절부터 나타난다. 과잉 행동의 증상은 얌전히 있지 못하고 몸을 자꾸 비틀거나 팔다리를 흔드는 등 산만한 모습으로 나타나며, 충동적인 행동으로 일을 그르치는 경우가 많다. ADHD가 있는 사람은 지속적인 주의력을 유지하거나 특정 작업에 집중하는 데 어려움을 겪는 것을 포함하여 일상에서 다양한 장애를 경험한다.

이들은 순간순간 떠오르는 생각대로 말을 하는 경향이 있기에 대화의 주제가 일관되지 못하고 오락가락하는 모습을 보일 수 있다. 상대방의 기분이나 분위기에 맞춰 대화하는 것이 아니라 자신만의 정신세계 속에 떠돌던 생각들을 여과 없이 바로 내뱉기 때문에 타인의 마음을 읽거나 공감하는 능력이 다소 떨어져 보이기도 한다. 이들이 4차원적 성격을 지닌 괴짜로 취급받는 이유이기도 하다.

ADHD 아동이 학교에서 보이는 행동 특징

- 과제를 수행할 때 세밀하게 주의 집중을 못 하거나 부주의하여 실수를 빈번하게 한다.
- 과제나 활동을 체계적으로 하는 데 자주 어려움을 보인다.
- 교사의 지시나 학교 규칙을 잘 따르지 못하고 충동적으로 어기는 경우가 많다.
- 학용품, 우산, 준비물 등 물건을 잘 잃어버린다.
- 충동적인 행동으로 일을 극단적으로 처리하는 경향이 있다.
- 타인의 대화에 자주 끼어든다.
- 싫증을 내고 집중력 결여로 과제의 수행 속도가 느리다.
- 학교 성적이 저조하거나 변동이 심하다.
- 자주, 외적 자극 때문에 쉽게 산만한 모습을 보인다.

하지만 아이가 위의 증상을 보인다고 해서 ADHD로 쉽게 진단을 내릴 수는 없다. 왜냐하면, 충동적이고 산만하다는 것은 아이가 자라는 중에 보일 수 있는 정상적인 모습이기도 하기 때문이다. 모든 상황에서 100% 집중할 수 있는 사람은 없다. 정확한 진단을 위해서는 영재교육전문가나 심리전문가들과 상담을 받아보는 것이 좋다.

하지만 아이가 정말로 ADHD로 진단을 받는다면?

물론 ADHD는 평범함의 범주에서 벗어나는 경우가 많아 원만한 사회생활과 적응을 위해서는 치료가 필요할 것이다. 하지만 필자는 ADHD 아이들을 아프고 부족한 대상으로만 보지 말고 그들만의 특별한 능력을 발견하고 키워줄 것을 권하고 싶다. ADHD 아이들은(두뇌 세포 간의 연결 유형이 달라) 보통 사람들보다 주의력이 부족하고 산만하며, 의사소통의 결함 등의 문제를 보일 수 있지만 같은 이유로 다른 사람들이 갖지 못한 창의력이나 특정 분야에 대한 통찰력을 발휘하는 때도 많다.

실제로 ADHD 성향을 갖고 있던 사람 중에는 세기의 천재라 불리는 사람들이 꽤 많다. 음악의 신동이라 불리며 오늘날 사람들에게 큰 자극과 영감을 준 모차르트, 오늘날의 수많은 전기 문화를 창조한 인류 역사상 가장 위대한 발명가 에디슨, 20세기에서 가장 위대한 지성이자 천재의 대표적 아이콘 아인슈타인, 조형에 큰 변혁을 일으키고 20세기의 미술사를 주도한 독창성의 천재 피카소 그 외 레오나르도 다빈치, 짐 캐리, 마이클 펠프스 등을 비롯해 스티브 잡스, 빌 게이츠 같은 국제적 지도자도 있다.

그렇다는 건, ADHD가 있는 사람들을 꼭 무엇인가 모자란 상태, 잘못된 상태로만 보아야만 하는지 의문이 생기게 된다. ADHD 집단은 문제 해결에서 높은 창의성과 더 많은 이미지를 사용한다는 보고도 있다. 사이먼튼(Dean Keith Simonton)은 자신의 분야에서 높은 성취를 보이는 이들의 인지 과정은 보통 사람들과 질적으로나 양적으로나 확연히 다르다고 주장한다. 일반인들은 사물의 형태를 단순히 외형적으로만 분류하고 곧 망각하는 수준에서 끝나지만, 창의적인 사람들은 대상에 대한 단순화된 분류과정 없이 본질에서 벗어난 세부 사항까지 받아들일 수 있게 되며, 항상 새로운 정보나 단서에 관해 개방적이게 된다는 것이다. 그 때문에 외부 자극에 쉽게 흥분하고, 지속적인 주의 집중에 어려움을 보이는 것인데, 이것이 바로

ADHD의 주요 진단 기준이 될 수 있는 것이다.

또한, 이들은 산만하지만, 자신이 관심 있는 분야에 대해 일반인보다 가공할 집중력을 발휘할 수 있다. 물론 ADHD가 있다고 해서 모두 천재가 되는 것은 아니지만 신기하게도 이들은 자신들이 흥미를 느끼는 특정 분야에 대해서는 박학다식하며 놀랄 만큼의 집중력을 가지고 있다.

단지, 사회에서 이상한 행동을 보이고 잘 적응하지 못하기 때문에 이들에게 '괴짜'나 '바보'라는 프레임을 씌운 것일 수 있다. 정상과 비정상을 나누는 기준은 '보편성'에 있기 때문이다. 아이의 원활한 사회생활을 위해 정도가 심한 행동은 고칠 필요가 있지만, ADHD에 대한 특이성은 존중해줄 필요가 있다. 아이가 어떻게 성장할지는 아이가 가진 기본적인 능력도 중요하겠지만 어떤 환경에서 어떤 경험을 하며 성장하는지가 가장 중요하다. 아이의 관심 분야를 찾아주고 재능을 발휘할 수 있도록 도와주자. 그러면 보통 아이들보다도 월등히 높은 창의력과 집중력을 발휘할 수 있을 것이라 믿어 의심치 않는다.

"누군가 나에게 ADHD를 치료하고 평범하게 살고 싶은지 묻는다면 나는 평생 ADHD를 가지고 살겠다고 답하겠다"

"ADHD는 특별한 능력이다"

"어떠한 문제에 봉착해도 새로운 해결책을 탐구하며 혁신을 추구하게 만든다"

-데이비드 닐먼(David Neeleman) 제트블루 창립자

ADHD 보유자들은 싫증을 잘 내며 충동성이 강하다고 알려져 있다. 경우에 따라 공격성을 나타내기도 한다. 하지만 이는 ADHD의 부정적인 측면만을 강조한 것이다. ADHD는 새로운 것을 두려워하지 않고 도전할 수 있게 만드는 잠재력도 함께 가지고 있다. 이는 전통과 관습을 거부하며 모험정신으로 혁신을 일구어내는 기업가 정신과도 같은 것이다. 창업가나 프리랜서 중 ADHD에 해당하는 사람들이 많은 것은 우연의 일치에 불과한 것일까?

ADHD와 영재성 구분하기

ADHD와 영재 아동은 호기심이 강하고 쉽게 흥분한다는 점에

서 매우 유사한 측면을 보이며, 그러한 아이를 바라보는 부모는 혼란이 생길 수 있다. 하지만 ADHD와 영재 아동의 다음과 같은 측면에서 차이를 보인다.

첫째, 과흥분성의 지속성과 방향성에 차이가 있다.
정신 운동적 과흥분성을 보이는 아이는 한시도 가만있지 못하고 말을 너무 빨리하며, 하나에 몰두하면 다른 사람의 말조차 들리지 않을 만큼 정신 전환이 잘 안 된다. 뭔가 새롭고 유별난 것을 접할 때 정서적으로 쉽고 강렬하게 흥분하는 것이다. 이처럼 영재나 ADHD에서 보이는 과흥분성은 매우 비슷해 보인다. 이러한 공통점 때문에 ADHD와 영재의 구분이 쉽지 않으며 진단에 혼란을 초래할 수 있다.

이럴 경우 영재와 ADHD를 구분하는 기준은 문제 행동의 '지속성'에 있다. 영재들의 경우 문제가 되는 특정 행동이 자신의 호기심을 자극하는 특정한 상황에서만 나타난다. 반면 ADHD에 해당하는 아동은 특정한 상황과 관계없이 대부분의 일상에서 문제 행동을 나타낸다. 이처럼, 영재 아동이 보이는 정신 운동적 과흥분성은 대체로 특정성과 방향성이 있는 반면에 ADHD의 정신 운동적 과흥분성은 다소 무작위적인 경우가 많다.

둘째, 실행능력의 차이

영재 아동들은 외부 자극을 스스로 통제하고 조절할 수 있는 실행능력이 우수하다. 외부 자극에 강한 호기심을 느끼지만, 그것을 적절한 방향으로 통제할 수 있다는 뜻이다. 반면 ADHD 아이들은 자기 억제나 조절이 쉽지 않다. 그로 인해 외부 자극에 대해 충동적인 행동을 하기 쉬운 것이다. ADHD는 IQ가 특별히 떨어지는 것도 아니며 인지적 능력에 큰 문제가 있는 것은 아니다. 하지만 실행능력의 부족 때문에 관념적으로 알고 있는 것을 실생활에서 적절한 방법으로 풀어내지 못한다. 그리고 여기서 오해가 생긴다. 아이가 분명 알고 있는데도 엉뚱한 행동을 하는 것을 보면 부모나 교사들은 아이가 일부러 잘못된 행동을 하고 있다고 보는 것이다(영재나 ADHD 아동은 모두 외부의 지시를 잘 따르지 않고 교사나 부모의 지시를 잘 이행하지 않는 특징이 있지만, 영재 아동의 경우 그 규칙이나 지시가 부당하다고 생각하거나 자신의 판단 기준으로 볼 때 이해가 되지 않을 때 그러한 행동을 보일 수 있다. 그 때문에 지시에 의문을 품은 영재 아동의 경우 자신이 규칙을 직접 만들어 제시하기도 한다. 하지만 ADHD 아동은 규칙을 알고 있음에도 집중력 결여나 충동성으로 규칙을 어기게 되는 경우가 많다).

두뇌 실행능력의 부족은 교육과 훈련을 통해 충분히 극복할 수 있는 문제다. ADHD 아동이 제대로 집중할 수 있는 대상을 발견하고 실행능력만 보완할 수 있다면, 매우 창의적이고 혁신적인 발상을 해내는 혁신가가 될 수도 있다. 앞에서 살펴보았듯이 ADHD 진단을 받았지만, 이것을 잘 극복하여 한 분야의 혁신가, 리더, 천재가 된 경우는 얼마든지 찾아볼 수 있다.

영재이면서 ADHD인 경우

영재와 ADHD는 명확히 구분해야겠지만, 영재 중에는 ADHD를 동반하는 경우가 흔하다. ADHD 증상을 보이는 영재들은 수업 시간에 산만한 모습을 보이지만 시험을 보면 다른 아이들보다 높은 점수가 나오기도 한다. 하지만 일반적인 영재들과 달리 ADHD 영재 아동의 경우 집중력의 편차가 심한 편이기 때문에 결과가 불안정하다. 특히 지능 검사에서 본래 지적 능력보다 낮은 수준의 검사 결과가 나오기도 한다. 그 때문에 ADHD 영재 아동의 경우 ADHD에 영재성이 가려져 영재로 발굴되지 못하는 경우가 많다.

ADHD 아이를 둔 부모가 주의할 점은 아이의 영재성을 간과하지 않는 것이다. 만약 아이가 ADHD가 있는 영재로 판명된다면 장애보다는 아이의 재능계발에 초점을 둘 것을 권한다. 아이의 타고난 영재성보다 장애 치료에만 집중하면 본래 타고난 영재성을 개발할 기회를 놓칠 수 있기 때문이다(어린 시절 수학 영재였던 스티브 잡스 역시 ADHD 증상이 있었다).

아이가 제대로 몰입할 수 있는 대상을 찾아주는 것이 중요하다. 수영의 황제 마이클 펠프스도 ADHD라는 사실을 알고 있는가? 펠프스는 ADHD를 극복하기 위한 수단으로 수영을 선택했다. 마이클 펠프스는 그 어떠한 것에도 집중을 못 한다는 평을 들었을 만큼 산만한 아이였고, 7세에 ADHD 판정을 받아약물을 복용하기에 이른다. 하지만 그는 7학년이 되던 해에 ADHD 약물 복용을 중단하고 자신의 충동성, 공격성을 수영을 통해 컨트롤하겠다고 선언한다. 결국 그는 자신과의 약속을 지켜냈으며 이 경험은 올림픽 개인전 12관왕을 달성케 하는 원동력이 되었다. 그의 비결은 단순하다. 펠프스는 자신에게 필요한 부분에서 선택적 집중력을 발휘한 것이다. 그는 1년에 365일 훈련에 매진했으며 매일 물속에서 6시간씩 보냈다. 수영장에서 발견한 자신의 강점을 선택적 집중을 통해 습관으로 발전시켰고, 그 습관은 그의 삶을 바꾸어 놓았다.

마찬가지로 아이의 재능과 흥미가 수학에 있다면 도전할 만한 수학 과제를 제공해주고 적절한 속진 학습을 시키는 것이 좋다. 그러면 아이는 자신의 강점인 수학적 재능을 더욱 갈고닦을 수 있고, 동시에 집중력이 향상되며 충동적인 행동도 차츰 안정적으로 변해갈 것이다. 즉, 아이의 장점 계발과 장애의 치료를 꼭 별개의 문제로 치부할 필요가 없다는 것이다. ADHD 아이의 좋지 않은 습관은 고칠 필요가 있지만, 아이의 재능계발을 절대로 소홀히 해서는 안 되며 아이가 자신의 재능에 대해 자신감을 느끼도록 유도해야 한다.

······

자기애성 인격장애와 영재성

자기애성 인격장애는 우리에게 나르시시즘으로 더 잘 알려져 있다. 자기애성 인격장애가 있는 사람들은 무한한 성공욕으로 가득 차 있고 주위 사람들로부터 존경과 관심을 끌려고 애쓴다. 자기 자신은 대단히 특별한 존재라고 생각하며, 또 반드시 그래야만 한다고 생각한다(특히, 자아가 강한 영재들의 경우 극단적인 자기애적 성향으로 나아가지 않도록 조심해야 한다). 그리고 이러한 자기애성 인격장애는 과잉된 자의식과 높은 이상, 그리고 우수한 상상력을 지닌 고도 영재들에게서 나타나기 쉽다(그렇다고 모든 나르시시스트가 영재나 천재라는 말은 아니다). 이들의 강한 자아와 완벽주의적 성향은 스스로가 위대하지 못하다는 느낌, 높은 이상적 기준에 도달하지 못했다는 느낌을 더욱 극대화한다. 그렇기에 위대한 것에 더욱 강박적으로 집착하게 되고 그것을 자신과 동일시하게 된다.

영재들의 강한 자의식은 자신의 실존적 문제에 대해 필요 이상으로 고민하게 만들고, 비범한 상상력은 곧 사람들의 사소한 언행을 자신의 자아정체성과 연결하여 자신이 상처받는 쪽으로 확대하여 해석하기도 한다. 자신의 엄청난 재능과 다른 사람의 한계를 비교하여 형성된 자기 인식은 자신을 향한 타인들의 비웃음과 결합하여 우울증과 각종 혼란을 일으킬 수 있다.

하지만 영재들에게 자기애적 성향이 너무 없어도 곤란하다. 자기애적 성향은 혁신과 창조로 연결될 수 있다는 점에서 천재들에게 무조건 나쁘게만 작용한 것은 아니었기 때문이다. 본래 혁신과 창조의 길은 기존에 없던 것을 새롭게 개척하는 것으로 그 과정은 고통과 불안으로 점철될 수밖에 없는 것인데, 적정 수준의 건강한 자기애적 성향은 이러한 두려움을 극복해낼 수 있는 용기와 추진력을 만들어줄 수 있다. 영재들의 완벽주의 성향은 크게 2가지 양상으로 나타나는데, 하나는 자기 재능의 한계가 드러나지 않도록 아예 새로운 시도를 하지 않는 것이고, 다른 하나는 과잉된 자아를 연료 삼아 과잉 활동성으로 나아가는 것이다. 위대한 결과물을 낳은 천재들은 대부분 후자에 해당했다. 그들은 자신의 과민함을 생의 에너지로 바꾸는 데 성공한 사람들이다. 이들의 화려한 업적 이면에는 고통이 숨겨져 있는 경우가 많으나 이 숨겨진 고통을 과도한 적극성으로 극복해 버렸다(보통 사람들의 나르시시즘과 영재들의 나르시시즘에는 차이가 있는데, 영재의 경우 특정 분야에서는 정말로 뛰어나다는 점이다).

위대한 결과물을 창조하고 인류의 역사를 발전시킨 천재들이나 위인들은 나르시시즘을 어느 정도 가지고 있다고 해도 과언이 아닐 것이다. 엄청난 역경을 이겨내고 세상을 변화시키려면 그만큼 강한 신념이 있어야 하고 자신이 특별한 존재라고 생각하지 않으면 안 되는 것이기 때문이다. 그리고 필자는 나르시시즘을 그 자체로 특정한 정신 상태를 지칭하는 것이기보다는 스펙트럼으로 보고 있다. 즉, 누구나 나르시시즘은 가지고 있는데, 그 정도가 강하냐 약하냐 차이만 있을 뿐이다. 나르시시즘의 강도가 너무 약한 사람은 자신의 존재를 부인하는 사람이고 너무 높은 사람은 자기 자신밖에 모르는 불행한 사람일 것이다. 에리히 프롬(Erich Pinchas Fromm) 역시 나르시시즘을 제2의 본능이라고 주장한다. 인간이 육체적으로 생존하기 위해 반드시 일정량의 음식을 섭취해야 하는 것처럼 인간이 정신적으로 생명력을 유지하기 위해서는 적정 수준의 우월감이 꼭 충족되어야 한다는 것이다. 이것이 충족되지 않으면 우리는 정신적 빈곤 상태에서 벗어나기 힘들 것이다.

어떠한 강력한 신념에 의해 자신이 위험을 감수할만한 과업이 있다고 느끼는 영재들은 순간 모든 에너지와 집중력을 폭발시켜 그 장벽을 뛰어넘는다. 이들은 창조 활동에 따르는 두려움과 불안을 모두 극복할 수 있다. 자기 자신에 대한 긍정적인 착각이 두려움을 극복하게 만드는 것이다. 물론, 보통 사람들의 나르시시즘과 영재들의 나르시시즘에는 차이가 있는데, 영재의 경우 특정 분야에서는 정말로 뛰어나다는 점이다.

*IQ와 정신질환의 상관관계

"IQ 130 이상일수록, 보통 사람보다 정신질환 확률 더 높다"

지능이 높은 사람일수록 다양한 정신 질환에 노출될 위험이 더 높다는 연구 결과가 나왔다고, 영국의 인디펜던트가 보도했다.

미 캘리포니아주의 피처 대학의 연구팀은 IQ 130 이상인 사람들이 속한 '멘사(Mensa)'의 회원 3,715명을 상대로 정신적·신체적 상태나 불편함에 대해 설문 조사하고, 이를 평범한 IQ를 가진 사람들과 비교한 결과를 과학저널인 '사이언스 디렉트'에 게재했다.

연구팀은 멘사 회원들에게 주의력결핍과잉행동장애(ADHD), 자폐스펙트럼장애 등과 같은 정실질환이나 불안장애, 음식 알레르기·천식과 같은 생리적 질병이 있는지 물었다. 그리고 같은 질문을 IQ 85~115의 평범한 미국인들에게도 물어서 비교했다. 그 결과 지능이 아주 높은 사람은 평범한 IQ의 사람들에 비해, 상당히 높은 비율로 각종 장애를 갖고 있었다. 예를 들어, 평범한 미국인이 '불안장애'를 진단받는 확률은 10%였지만, 설문 조사를 한 멘사 회원들의 경우 20%였다.

연구팀은 멘사 회원들이 여러 만성적인 정신 질환에 잘 걸리는 이유로 그들의 뇌가 매우 쉽게 자극을 받는 다는 점을 들었다. 즉, IQ가 높으면 뇌가 주변 상황을 더 잘 인지해, 중앙신경계도 더 예민하게 반응한다는 것이다(예를 들어, 주변 소음, 자신에 대한 비판, 옷에 붙은 태그(tag) 따위가 몸에 닿는 것 등에 민감하게 반응한다).

연구의 공동 저자 중 한 명인 니콜 테트롤은 교감신경계가 만성적으로 활성화되면, 면역력에 변화를 가져온다며, 보통 사람 같으면 못 느끼거나 무시할 수 있는 작은 불편도, 비록 정도가 낮지만 만성적인 스트레스 반응을 일으킬 수 있다고 말했다.

또 다른 저자인 오드리 콜브는 높은 지능을 가진 사람이 평균적인 사람에 비해, 여러 정신질환을 진단 받을 확률이 2~4배 높다는 사실도 이런 것과 연관이 있다고 했다.

출처 : Copyright ⓒ 조선일보 & Chosun.com 김유진 인턴 2017

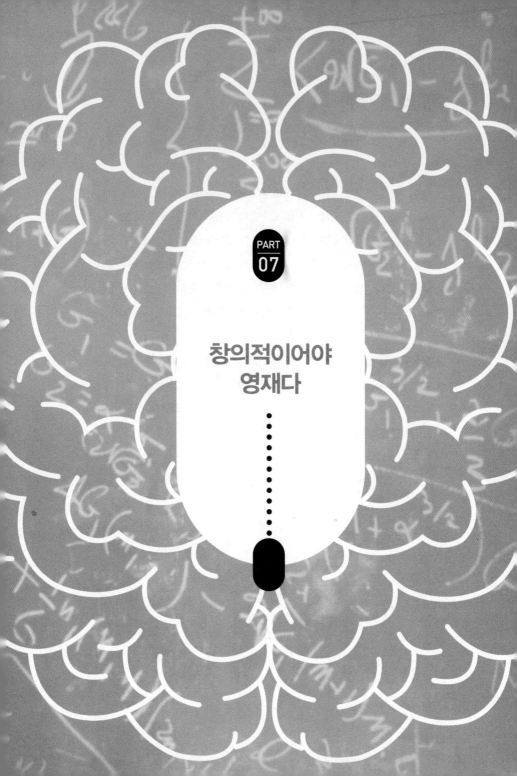

PART
07

창의적이어야
영재다

창의성은 어느 정도 인지 능력이 뒷받침되어야 하지만, 인지 능력 그 이상의 것을 요구한다. 비정형적인 것, 예측 불가능성을 추구하고 버텨야 한다. 그 때문에 자기 생각이 몰이해 받아도 그것을 버텨낼 인내와 끈기도 필요하다. 창의적이지 못한 영재성은(어불성설이긴 하지만), 지극히 자기 만족적인, 개인적 재능으로 막을 내린다. 개인의 만족을 넘어 조직, 사회, 국가, 세계에 선한 영향력을 행사할 수 없다.

아무리 두꺼운 전화번호부 책을 통째로 암기할 수 있고, 10자리 수 곱셈을 해낼 수 있을지라도 그 자체로는 어떠한 창조와 혁신도 일으킬 수 없다. 단순히 외부의 정보를 있는 그대로 머릿속에 집어놓고 필요할 때 그대로 꺼내는 거라면 컴퓨터가 인간을 대신해 줄 수 있다.

IQ가 높은 아이도 방심할 수 없다

IQ가 높다는 것은 창조적 잠재력을 가졌음을 말한다. 하지만 깊이 사고할 수 있는 능력의 보유를 의미하진 않는다.

IQ와 사고의 관계는 자동차와 운전자의 관계와 같다. 아무리 좋은 차라도 운전 기술이 미흡하면 자동차는 굴러가지 않는다.

반면 낡은 차라도 운전 실력이 우수하다면 차는 굴러간다.

–에드워드 드 보노(Edward de bono)

창의성은 지적능력 중의 하나이지만 지능 검사에서 측정하는 지능과는 다른 능력으로 간주하기 때문에 높은 IQ가 반드시 높은 창의성을 보장해 주는 것은 아니다. 버클리 대학 도널드 맥키넌(Donald MacKinnon) 교수의 연구에 의하면 IQ 120까지는 IQ와 창의성이 비례하는 경향을 보이지만 120

이상부터는 유의미한 상관관계가 나타나지 않는다고 주장한다. 예를 들어 IQ 140이라고 해서 반드시 IQ 120인 사람보다 창의성이 높다고 단정할 수 없다는 말이다.

미국의 심리학자 길 포드(Guil ford) 역시 사고 양상을 크게 2가지로 분류하였는데, 하나는 수렴적 사고이며 다른 하나는 확산적 사고이다. 수렴적 사고란 일정한 사물이나 대상을 분석하는 것으로, 주어진 정보를 통하여 가장 정확한 답을 찾아내는 능력과 관련이 있다. 주로 IQ 검사에서 요구되는 사고능력이라 할 수 있다. 반면 확산적 사고란 어떤 문제에 대한 정보를 다각적으로 탐색하고, 상상력을 발휘하여 답이 미리 정해지지 않은 다양한 해결책을 모색하는 사고능력으로 이것이 창의성과 관련 있다.

대다수의 지능 검사는 이미 주어져 있는 정보를 분석하여 가장 정확한 답을 찾아내는 수렴적 사고와 관련이 깊기에 확산적 사고를 제대로 측정하지 못한다는 한계가 있다.

그렇다면, 수렴적 사고능력만 주로 측정하는 지능 지수(IQ)는 창의성과 아예 관련이 없는 것일까? 하지만 그렇다고 볼 수도 없다. 왜냐하면, 높은 창의성을 발휘하려면 기존의 개념이나 지식을 학습하고 그것을 제대로 분석할 수 있는 능력이 필요하기 때문이다.

광고전문가인 칼 엘리(Carl Elie)는 '창조적이려면 만물박사가 되어야 한다. 새로운 발상을 위해 어떤 지식이 언제 이용될지 알 수 없기 때문이다' 라고 말하며 지식의 중요성과 그 유효함을 강조했는데 IQ는 지식과 정보를 효율적으로 받아들이고 분석 및 축적하는 능력과 연결된다. 창의성, 창의력, 창조력, 독창성 등 비슷한 단어들이 많지만 결국 기존의 개념이나 생각들을 발판으로 새로운 조합을 시도해 내는 것이라고 할 수 있다. 따라서 지능 지수(IQ)가 높다고 해서 창의성이 높은 것은 아니지만 반대로 지능 지수(IQ)가 너무 낮다면 낮은 수준의 창의적 잠재력이 있는 것으로 볼 수 있다. 기존의 것을 제대로 이해할 수 없다면 기존의 것을 바탕으로 새로운 가치를 창출해 내는 능력도 기대할 수 없다. 이 점에 착안한다면 높은 지능 지수(IQ)는 우수한 창의성 발현의 '충분조건' 인 것은 아니지만, 분명 유리한 조건에 해당한다고 볼 수 있다.

만약, 아이의 IQ가 120 내외에 해당한다면 아이의 인지적 능력은 높은 수준의 창의성을 발휘하는 데 전혀 문제가 없다고 보면 된다.

다만, IQ는 높으나 상대적으로 수용적 사고가 발달한 영재들의 경우, 수학이나 과학, 국어 등 논리성을 요구하는 교과목의 학업성적은 우수하지만, 자신만의 고유한 생각을 만들고 정리하는 능력이 부족할 수 있다. 아이가 자신의 높은 지능을 책에 등장하는 개념과 정의를 학습하는 것에만 활용하게 하지 말고 고유한 견해를 덧붙여 자신만의 언어로 재창조할 수 있도록 지도하자.

창의성과 지능의 비교

구분	창의성	지능(IQ)
기능	– 새로운 방법 개발 – 이미 알려진 것 변경	– 사실적 지식 획득 – 이미 알려진 것 완성
능력	– 상상/문제 발견	– 회상/문제 해결
기술	– 확산적 사고/비판적 사고	– 수렴적 사고/기억
사고 과정	– 발견 – 관련 없는 영역 연결 – 확장	– 알려진 것 회상 – 친숙한 것 재인 – 기술 재적용
사고 특성	– 참신성 – 놀라움 – 다양성	– 논리 – 정확성 – 속도

성적표 밖에서 노는 영재

우리 교육의 겉모습은 출중하다. 만 15세 학생들의 학업성취도 평가에서 수학·읽기·과학은 경제협력개발기구(OECD) 회원국 중 최고 수준이었고 고등교육 이수율도 세계 톱 10위에 든다. 하지만 이런 모습은 고등학생일 때까지만이다. 그 훌륭한 인재들이 사회로 나오면 다 어디로 갔는지 잘 보이지 않는다. 목표의식 없이 입시에 맞춘 교육을 따라가다 보니 도전 정신은 사라지고 주어진 일에만 충실한 '샐러리맨'이 돼버렸기 때문이다.

-김 용 (세계은행 총재)

제가 서울대 최우등생들을 조사하며 받은 인식은

위인전에 나오는 역사에 획을 그은 인물들의 스타일과는

거리가 멀다는 것이었습니다.

수용적 학습법이 지나쳤습니다.

비판적 창의적 사고가 결핍되어 있었습니다.

-이혜정(교육과 혁신 연구소 소장)

아이들은 이 세상을 자유롭게 해석하고 사고할 수 있는 인지적 특성을 보이는데, 이것은 창의성과 밀접한 관련이 있다. 하지만 획일적인 정답을 강요하는 교육은 아이들이 규정된 틀에 들어맞도록 강요하며, 이 과정에서 아이들의 사고는 수용적으로 변해간다. 시험지에 등장하는 문제에 정답을 찾아내는 능력은 탁월하지만 자기 주체적으로 사고하는 능력은 줄어드는 범재가 되어간다. 영재 아동을 둔 부모라면 이 점을 경계해야 한다.

'올바름'을 넘어서는 자만이 새로운 가능성을 엿볼 수 있다. 여기서 '올바른 것'이란 '이해할 수 있는 것', '당연한 것', '논리적 측면에서 합리적이고 타당한 것'을 의미한다. 평범한 사람들은 자신이 이해할 수 있는 것만큼만 세상을 이해할 수 있고, 이해할 수 없는 것은 틀린 것으로 간주하는 경향이 있다. 하지만 충분한 지식과 경험을 축적한 영재들이라면 '올바르고 당연한 것'도 의심할 수 있는 통찰력과 직관을 하고 있을 것이다. 모든 것을 의심하고 진리를 탐구하려는 이들의 태도를, 오만하고 부정적인 것으로만 낙인찍지는 말자.

논리란 인간의 사고를 체계적으로 기술하는 원리이자 원칙이다. 논리가 공적으로 수용되면 이론이 되고 이론이 일상에서 반복되어 굳어져 버리면 '상식'이 된다. 한때 '지구가 우주의 중심으로 고정되어 있어서 움직이지 않으며, 지구의 둘레를 달·태양·행성들이 돈다'라는 명제가 상식이었던 사회가 있었다. 하지만 '상식'에 대해 의문을 제기하는 것. '보편적 통념', '당연한 것'에 대해 의심하는 것. 여기서부터 철학은 시작되며. 또 이러한 사고를 할 수 있는 자들이 인류를 발전시키고 오늘날 역사에 이름을 남긴 천재가 되었다.

과감한 시도로 20세기의 미술사를 주도한 피카소의 큐비즘도 처음엔 대중들의 호응을 얻지 못했다. 큐비즘은 사물의 각 면을 나누어 새롭게 조합하고, 사물의 특징을 기하학적으로 축소 왜곡함으로써 대상의 현실성을 드러내는 방식이다. 그가 이처럼 전통적인 사실 묘사 방식을 과감히 파괴했을 때 대중들의 반응은 서늘했고 평소에 그의 작품세계를 칭송하던 지인들마저 냉담한 반응을 보일 뿐이었다. 그 당시로 너무 파격적이고 난해하여 받아들이기 어려운 기법일 수도 있다.

하지만 그 당시 대중들의 공감을 얻지 못했던 큐비즘은 오늘날 피카소를 대표하는 장르가 되었으며, 오늘날까지도 수많은 작품에 영향을 미치고 있다.

자신의 스승인 프로이트에게 맞서 독자적인 이론을 펼쳐 나간 아들러 역시 진정한 천재다. 프로이트는 인간이라는 존재는 과거의 경험에 지배를 받으며, 과거의 트라우마가 인간의 미래에 큰 영향을 미친다고 주장했다. 그 당시 심리학계에서 프로이트가 차지하는 위상이 대단했기 때문에 대다수가 이를 받아들이는 분위기였다. 하지만 그의 제자인 아들러는 목적론을 역설한다. 즉, 인간은 과거 경험 때문에, 트라우마에 의해 지배받는 존재가 아니라, 현재 목적에 따라 과거 경험을 취사선택하며 자신의 의지에 따라 미래를 충분히 바꿀 수 있다고 보았다. 따라서 아들러에 따르면 트라우마는 없다.

아들러는 그 당시 학계에서 비웃음을 샀지만, 오늘날 '아들러'

라는 심리학의 3대 거장으로 불린다. 반면, 프로이트의 이론을 맹목적으로 수용하고 그의 권위에 의존했던 다른 제자들은 역사에 이름을 남기지 못했다.

모든 사람이 불가능하다고 생각할 때, 동력 비행기의 가능성을 꿰뚫어 본 라이트 형제도 진정한 천재다. 당시의 일반인들은 물론 지식인들로 구성된 과학계마저 동력 비행기에 대해 굉장히 회의적인 반응을 보였다. 하지만 라이트 형제는 자신들을 향한 온갖 비웃음과 비난 속에서도 상식이 틀렸다는 자신들의 판단을 믿었다. 그들이 보기에는 분명히 가능한 일이었기 때문이다.

이러한 역사 속의 천재들을 보고 있자니, 수재는 보이는 과녁을 맞히고, 천재는 보이지 않는 과녁을 맞힌다는 쇼펜하우어의 명언을 되새기지 않을 수 없게 된다. 기존의 질서에서 가장 앞서 나가는 사람을 '수재'라 한다면, 독창적 결과물을 창조하여 기존의 질서를 무너뜨리고 새로운 질서를 도입하는 사람을 '천재'라 할 수 있을 것이다.

당시, 천재들은 상식에 대한 도전이 학계의 반발과 비난을 초래할 것을 알면서도 그 뜻을 굽히지 않았다. 그렇다면 오늘날 대한민국의 영재들은 자유롭고 기발한 발상으로 상식을 깨뜨릴 수 있을까? 이들에게 필요한 교육은 무엇일까? 분명한 것은 과거처럼 책에 있는 지식을 그대로 흡수해서 필요할 때 빠르고 정확하게 뱉어낼 수 있는 수동형 인재는 21세기가 요구하는 인재와 거리가 멀다는 점이다.

교과서에 존재하는 이론과 공식을 그대로 흡수하고 사교육을 통해 문제를 반복 숙달하는 영재는 분명 학업성적이 높을 것이다. 하지만 세상의 변화와 혁신을 주도할 위대한 영재의 탄생을 기대한다면, 아이들에게 하나의 정답만을 강요하지 말고 아이들의 자유로운 상상력을 존중해주고 그것을 표현하게 해주자. 누군가가 잘못된 것, 이상한 것으로 취급한다고 해도 주눅이 들지 않으며 외부의 강요에 의지를 꺾지 않는 영재, 자신 내면의 고유성을 억압하지 않고 적극적으로 방출하는 영재가 필요하다.

선진국의 천재는 답 없는 문제의 답을 만들어 간다

선진국의 천재는 답 없는 문제의 답을 만들어 간다.

하지만 한국의 천재는 정해진 정답을 남보다 정확하게 서술해 내는 데 급급하다.

전자는 세상을 바꿔가지만, 후자는 타인과의 경쟁에서 앞서가는 데 유리할 뿐이다.

진정한 배움은 맹목적 지식 수용자가 아닌 진정한 사색가로 거듭나는 과정에 있다. 학교는 '정답'을 말하는 학생이 아니라 독자적 사유를 통해 세상에 '위대한 질문'을 쏟아내는 학생들을 양성해야 한다. 답을 찾는 데 익숙한 학생들은 모든 문제는 정답이 이미 정해져 있다고 생각한다. 다른 사람들과 다른 대답을 내놓는 것에 대해 불편한 감정을 느끼기 쉽다. 하지만 질문을 하는데 익숙해진 학생들은 자신의 고유성에 대해 자부심을 느낀다. 자신의 견해에 대해 확신을 하고 밀어붙인다. 그 결과 지금의 것을 보완하고 초월할 수 있는 여러 가지 대안들을 쏟아내는 혁신가로 성장한다.

창의적 재능은 쉽게 눈에 띄지 않는다

창의적인 사람의 가장 큰 특징은 '새로운 지식과 경험에 열려있는 태도'라는 것이 학계의 지배적인 견해이다. 일반인은 중요한 것과 사소한 것을 구분하여 사물을 지각하는 경향이 있다. 이것을 '선택적 지각'이라고 한다. 하지만 뇌가 활짝 열려있는 창의적 영재들은 사물의 모든 것을 포착해낸다. 다른 사람들이 쉽게 놓치는 것을 지각하고 사고의 과정에 포함하므로 관습을 뛰어넘는 대단히 독창적인 아이디어가 생성될 수 있다. 하지만 개방적인 태도는 종종 오해를 부르며 부정적으로 평가되기도 한다. 부모나 교사의 지시에 그대로 따르지 않고 자기 생각을 공격적으로 어필할 수도 있기 때문이다. 창의성이 뛰어난 학생은 질문이 많으며, 질문의 수준이 교과서에서 바로 찾아볼 수 있을 만큼 단순하지가 않다. 그리고 수업의 내용에서 벗어난 경우도 많다. 그 때문에 실제로 창의적인 아이들은 원활한 수업과 지도를 방해하는 성가신 존재들로 취급될 우려가 있는 것이 사실이다. 특히, 특정한 과목을 가르치는 교사들의 경우 자신의 과목에 대해 열정과 성의를 보이지 않는 아이들의 창의적 잠재력을 과소평가하는 경향이 있다.

심지어, 교사의 지시를 잘 따르는 성실한 학생들이 창의적인 학생으로 평가된다는 연구 결과도 있다. 교사들이 창의적인 학생들에게 '반항아' 라는 프레임을 씌우는 이상 이들의 잠재력은 사회에 미치지 못하게 될 것이다. 권위를 중시하는 교사가 아이들에게 창의성을 가르치고 평가하는 것은 자칫 '수용적 사고를 지닌 성실한 아이' 를 창의성의 모범으로 삼고 지도할 가능성이 크다.

'창의성' 이라는 말은 일상에서 흔히 사용하는 말이지만 교육 전문가인 교사는 '창의성' 에 대해 얼마나 알고 있을까? 교사가 '창의성' 에 대해 얼마나 잘 알고 있는지는 창의성이 뛰어난 학생들을 어떻게 대하는지를 보면 알 수 있다.

파블로 피카소는 고등학교에서 퇴학을 당했다. 알버트 아인슈타인은 가정교사로부터 세상에서 가장 멍청한 아이라는 말을 들었으며, 학교에서는 손꼽히는 문제아로 낙인찍혔다. 그는 권위주의적이며 획일적 사고를 강요하는 학교에 적응하지 못했다. 리하르트 바그너는 학교에서 유급당했으며, 작곡가의 길을 가기 위해 16세에 학교를 등졌다. 앙리 마티스는 에콜 드 보자르 입학시험 낙방했다. 조지 오웰은 이튼 학교 열등생으로 개인 지도가 필요한 학생으로 분류되었다. 토머스 에디슨은 학교에서 공부하기엔 너무 멍청하다는 말을 들었다.

찰스 다윈은 교장 새뮤얼 버틀러에게 게으름뱅이라고 불리었으며, 주변 사람들은 그를 천재는커녕 제대로 된 사람 구실도 못 할 사람으로 보았다. 레프 톨스토이는 대학에서 낙제했다. 이러한 역사적 사실들은 천재성이라는 것이 얼마나 복잡하고 미묘한 것인지를 보여준다. 문제아였던 이들이 세상을 변화시킬 천재로 성장할 줄 누가 알았겠는가?

학교가 요구하는 획일적인 기준은 천재적 기질을 보유한 아이들의 자유분방하고 독특한 정신적 기질과 상충할 가능성이 크다. 이들의 지적 호기심과 과제 집착력은 내면 깊숙한 곳에서

부터 일어나며, 이들의 비정형적 우수함은 사회가 당연시하고 바람직하다고 여기는 평가 방식만으로는 포착해내기가 어렵다. 사회나 집단에서 별다른 주목을 받지 못하던 시시한 사람이 갑자기 천재로 급부상하는 경우는 대부분 이런 경우다.

영리한 아이들은 따분하고 지루한 필기를 싫어하는 경향이 있는데, 안타깝게도 교사들은 깔끔하고 빽빽한 노트 정리를 무슨 대단한 미덕인 양 생각하며, 아이의 수업 태도를 나무란다. 또한, 호기심이 왕성한 아이의 엉뚱한 질문에도 잘 대처하지 못한다.

아이의 우수한 지적 탐구심에서 비롯된 행동으로 보기보다는 교사의 권위에 도전하려는 삐딱한 욕구로 보는 것이다.

04
......

창의성은 가르치는 것이 아니라
허락하는 것이다

일을 그르치는 방법에는 두 가지가 있는데, 하나는 해야 할 것을 하지 않아서 일을 그르치는 것이고, 다른 하나는 하지 말아야 할 것을 해서 일을 그르치는 것이다. 창의성 교육은 후자에 주목할 필요가 있다. 20세기 미술사를 주도한 위대한 예술가 피카소는 '모든 어린이는 예술가다. 문제는 그가 성장한 후에 예술가로 남을 수 있느냐' 라는 말을 남겼다. 피카소의 말처럼 아이들은 그 자체로 순수하고 창의적 잠재력이 최고 수준이다. 하지만 아이들은 성장 과정에서 점차 사회의 많은 제약을 학습하면서, 자신의 내면보다는 외부의 요구에 더 집중하게 된다.

아이를 지도하는 부모나 교사는 '상식' 과 '올바름' 을 근거로 아이의 행동을 억제하려고만 들며, 그 과정에서 아이의 타고난 창의성 중 상당한 부분이 소멸한다. 아이가 사과를 파란색으로 색칠한다고 해서 다시 빨간색으로 그릴 것을 강요하는 부모도 있다. 기존의 틀에 얽매이지 않고 자유로운 사고를 추구하는 아이들을 때론 선 밖으로 나아갈 수 있도록 허용하자. 또래 아이들과 다른 생각을 하고 다른 행동을 할 수 있다는 것은 그 자체로 뚜렷한 가치관과 지적 우월성을 타고났다는 것을 의미한다. 이 기질은 일정한 지식, 경험 등과 접목되어 장차 강력한 창조적 에너지로 발현될 수 있다. 어찌 다른 사람들과 비슷한 생각과 비슷한 수준의 시선을 가지고 변화와 혁신을 주도할 수 있겠는가? 칙센트미하이(Mihaly Csikszentmihalyi), 가드너(Howard Gardner), 사이먼튼(Dean Keith Simonton) 같은 학자들은 창의적인 아이들이 기존의 질서에 순응적이지 못하며 반항적으로 행동하는 경향을 보이지만, 이러한 특성은 장차 창의력을 꽃피우는 데 결정적 이바지하게 된다고 주장한다. 특정 시점과 상황에서 문제가 되었던 아이의 행동들도 시간과 장소가 바뀌고 나서 재검토하면 전혀 다른 평가를 하게 되는 경우도 많다.

아이들의 창의성을 기르기 위해서는 특별하고 구체적인 시도

들을 하는 것도 중요하지만, 부모들이 아이들의 행동에 불필
요한 제약을 가하지 않는 것도 중요하다. 창의성은 그저 일상
생활을 통해 체득하는 것이다. 오감을 통해 보고, 듣고, 느끼
고 행동하는 과정 하나하나가 창의성을 기르는 데 도움을 주
며, 요즘에는 일상생활 속에서 이루어지는 창의성 교육이 권
장되고 있다. 학교도 아이들의 창의성을 길러주는 데는 한계
가 있다. 기본적으로 창의성은 수학이나 영어처럼 누군가가
지도하고 가르쳐서 습득하는 재능이 아니기 때문이다.

05
......
엉뚱한 발상도 존중해주고
다양한 시도를 권장하라

나는 9,000번 이상 슛을 놓쳤고 거의 300번을 경기에서 졌다.

승패를 결정하는 슛을 놓친 경우도 26번이나 된다. 나는 인생에

서 수없이 실패를 거듭했다. 그것이 바로 내가 성공한 이유다.

－마이클 조던

　　　　천재란 수많은 아이디어를 떠올리고 실행하는 동

시에 불확실성에 따른 불안도 버틸 줄 아는 사람이다.

처음부터 완벽할 수는 없다.

창의적 발상이 처음부터 완벽한 형태로 나타나는 것은 아니

다. 그 때문에 처음부터 아이에게 너무나 완벽한 발상을 기대

하거나, '현실적으로' 라는 차가운 잣대로 아이의 도전의식과

의욕을 꺾어서는 안 된다. 애벌레가 나비가 되려면 일정한 시간이 필요하다. 모든 창의적 발상은 처음엔 다소 부족하고 엉뚱할 수밖에 없다. 창의성이라는 것은 기존의 것을 넘어서는 것이기 때문이다. 아이의 생각이 처음엔 엉뚱해 보일지라도 쉽게 포기하지 말고 아이가 스스로에 대한 믿음을 잃지 않도록 격려해주어야 한다.

실패는 위대한 창조의 전제조건이다.

역사상 유명한 천재들이나 오늘날의 유명한 창작자들을 보면 이들이 시도하고 만들어낸 모든 것들이 위대한 가치가 있는 것처럼 보인다. 하지만 사실은 우리의 생각과 다르다. 이들은 매우 많은 이론과 작품들을 발표하지만, 그 결과물들이 모두 높은 평가받는 것은 아니었다. 예를 들어 피카소는 평생 5만 점의 작품을 남겼지만, 그중 찬사를 받는 작품은 극소수에 불과하다. 마찬가지로 천재 물리학자 아인슈타인 역시 240개가 넘는 논문을 발표했지만, 이 중 상대성 이론과 광전 효과를 비롯한 단 4가지만이 물리학계의 패러다임을 바꾸어 놓았을 뿐 나머지 대부분은 큰 주목을 받지 못했다. 아인슈타인의 독창적인 노력도 오류를 내포하는 경우가 많았으며, 때로는 자신의 논리를 손상하는 치명적인 실수를 저지르기도 했다. 발명가 에디슨도 1000여 개의 특허를 받았음에도 그중 탁월하다고 평가받는 발명품은 극소수에 불과하다.

필자가 이와 같은 천재들을 사례를 든 이유는 그들의 재능이나 명성에 흠집을 내기 위함이 아니다. 창의적인 사람은 많이 시도하는 사람이며, 그만큼 실패에 익숙한 사람들이라는 것을 강조하고자 함에 있다. 창작의 방향을 정하면 이에 관해 현실적이든 비현실적이든 상당히 많은 아이디어를 쏟아내고 다양한 시도들을 하는 것이다. 그 과정에서 망작을 포함한 수많은 작품이 쏟아져 나온다. 그리고 그 주목받지 못하는 평작들 사이에서 위대한 걸작이 탄생한다. 비유하자면 형태가 불분명하고 밑에 다리가 달려 움직이는 표적지를 향해 총알을 난사하는 것과 같다. 물론 총알 대부분은 표적지를 빗겨나가겠지만 그 많은 총알 중 어느 하나는 표적지를 정확하게 뚫고 지나간다. 결국, 창작의 고통과 실패를 두려워하지 않고 많이 시도하는 사람이 가장 창조적인 사람이 되는 것이다.

아이를 창조적인 사람으로 키우기 위해서는 먼저, 다른 사람의 생각이나 견해에 상관없이 자기 생각을 당당하게 표현할 수 있는 환경을 조성하고, 다양한 시도를 통해 작은 실패의 경험을 축적하게 함으로써 실패를 자연스러운 삶의 일부로 받아들이게 만들어야 한다. 실패는 나쁜 것이 아니다. 하나의 경험이고 훈련일 뿐이다.

모방과 학습은 창의성의 적이 아니다

내가 아이디어를 빌린 모든 사람을 열거하려면 하루가 걸릴 것이며 살아 있거나 죽은 사람들 모두에게서 배우는 것이 전혀 새로운 것은 아닙니다. 작가와 마찬가지로 글쓰기에 관해서도 화가들로부터 많은 것을 배웁니다.

-헤밍웨이

한 저자의 것을 훔쳐가면 표절이 되며, 많은 저자의 것을 훔쳐가면 연구 결과가 된다.

-윌슨 위즈너 (시나리오 작가)

모방은 독창성과 대비되어 별로 좋지 않은 개념으로 다뤄지는 경향이 있으나 모방은 모든 인간에게 있어 굉장히 중요한 과정이다. 모방이라는 것은 누군가가 이미 만들어 놓은 훌륭한 결과물을 그대로 밟고 따라가 봄으로써 직접 그 위치에 도달해 보는 과정이다. 지능을 가진 인간에게 있어서 모방은 본능이기도 하다. 모든 아이디어는 백지에서 나오기 힘들며, 자신의 경험이나 능력이 부족할 때는 탁월하고 모범적인 사람의 행동을 무의식적으로 따라 하게 됨으로써 각종 위험요소와 비용을 최소화하고 생존율을 높일 수 있게 된다. 모방이라는 것은 결국 '학습'이라는 개념과도 같은 것인데, 이렇게 모방이라는 과정을 지속해서 반복하다 보면, 어느새 기술이 숙달되고 대상의 원리와 작동방식에 대한 깊은 깨달음을 얻게 되며, 이를 기반으로 새로운 시도를 할 수 있는 지평이 열리게 된다.

현 인류에게 기억되고 있는 역사상 위대한 천재들도 태어날 때부터 독창적 결과물을 창출해 낸 것은 아니었다. 타고난 천재성이 너무나 비범하다 보니 상대적으로 어린 나이에 독보적인 성취를 이룬 것은 사실이지만, 그러한 결과가 있기 전에 철저한 연습과 모방의 시절이 분명 존재했다. 신동으로 알려진 모차르트의 경우 5살 때 작곡을 시작했다고는 하지만 그 곡들이 모두 독창적인 것은 아니었다. 모차르트가 천재라는 사실을 잠시 잊고 본다면, 그의 교향곡, 협주곡, 및 소나타 등이 하이든과 닮은 구석이 꽤 많다는 것을 알 수 있다. 사람들은 신동에 대해 논할 때 이들은 지능이 매우 우수해서 태어나자마자 특별한 교육 없이도 모든 것을 쉽게 터득하고 높은 경지에 도달할 수 있다고 믿는 경향이 있다. 하지만 우리는 모차르트를 그냥 신동으로만 알고 있을 뿐, 그가 사마르티니나 요한 크리스찬 바흐의 교향곡들을 모방, 필사하는 작업을 했다는 사실을 간과한다. 또한, 그는 아버지 레오폴드에게 집중적인 음악 영재교육을 받았다. 아버지 레오폴드 모차르트는 좌절된 자신의 꿈을 아들 모차르트가 실현해 줄 수 있을 것이라 확신하고 아들이 온전히 음악에만 몰두할 수 있도록 지도한 것이다(아버지 레오폴드가 쓴 교본은 그 당시 매우 훌륭한 것으로 정평이 나 있었으며, 레오폴드는 자신의 모든 기술적 비결을 아들 모차르트에게 전수하기 위해 노력했다).

천재는 대단히 독창적이어야 하고, 그에 바탕을 둔 독보적 결과물이 있어야 한다는 점은 누구나 인정하는 사실이지만 이를 위해서는 철저한 모방과 연습의 단계를 거쳐 기량을 숙달시켜야 한다. 다만, 천재성을 타고난 초고도 영재들의 경우 그 단계를 보통 사람들보다 훨씬 빨리 건너뛰는 경향이 있기에 그 과정이 재능이란 요소에 가려져 쉽게 간과될 뿐이다. 이러한 측면에서 볼 때, 모방은 독창성과 대립 관계에 있는 것이 아니라. 점증 관계로도 볼 수 있다. 모방은 독창성 발현을 위한 하나의 숙련 과정이며 모차르트의 독창성도 어린 시절의 철저한 연습과 모방에서 발현된 것이다. 독창성의 천재 피카소 역시 위대한 화가들의 작품을 따라 그리고 모방하면서 기량을 축적해 나갔다(파블로 피카소는 "좋은 예술가는 모방하고 위대한 예술가는 훔친다"라는 명언을 남겼고 이는 훗날 스티브 잡스에게 큰 영향을 준다).

덧붙여, 자신의 전문성을 중심으로 다방면에 박식한 지식을 가진 사람이 더 높은 수준의 창의성을 발현할 수 있다. 담을 넘을 때 의자를 밟고 올라가면 좀 더 편리하듯이 지식도 창의성 발현을 위한 의자 역할을 하는 것이다. 창의성 전문가인 와이즈버그(Robert W. weisberg) 박사는 높은 수준의 창의성을 발휘하려면 최소한 해당 분야에서 10년 이상의 시간과 노력이 필요하다고 강조했다. 아이들은 자신의 강점 분야를 중심으로 여러 가지 지식과 경험을 축적해 나가는 과정에서 창의성의 수준이 더욱더 높고 정교해질 것이다.

이제 우리 사회에는 공부만 잘하는 영재보다 행복하고 창조성 넘치는 영재가 필요하다.
즉, 이미 정해진 정답을 시험지에 그대로 서술해 내는 영재보다는 자신의 고유성과 창의성을 무기로 하여 세상에 없는 답을 만들어가는 창의적 영재가 필요한 것이다.

"창의적 영재를 넘어 창조적 영재로"

이 책에서 창의성과 창조성을 엄밀히 구분하여 서술하진 않았지만, 사실 필자는 다른 책(보통 사람들을 위한 창조성 수업)에서 창의성과 창조성을 엄격히 구분했다.

창의성과 창조성은 서로 구분 없이 사용되는 경우가 많지만 분명한 차이가 있다.

'창의'에서 '의(意)'는 '뜻'과 '의견'을 의미한다. 창의는 새로운 아이디어를 생각해내는 것으로서 굳이 결과물이 없어도 상관이 없다. 창의는 무형의 생각을 만들어내는 것까지를 의미한다. '창조'에서 조(造)는 '제작'을 의미한다. '창조'는 기존의 것과 다른 생산물이 만들어져야 한다. 무형의 생각을 토대로 유형적인 결과물을 만들어내야 창조라고 할 수 있다. 단지 어떠한 획기적인 아이디어를 떠올린 것만 두고는 창조라고 할 수는 없다.

'창의'는 창조에 있어 한 과정에 불과하다. 획기적인 아이디어가 머리 밖으로 나오지 못하고 그 안에만 존재하면 창조는 이루어질 수 없다. 4차 산업혁명 시대, 우리는 어떻게 하면 창의성을 기를 수 있는지보다 왜 창조적이지 못한 지에 대해 더 많이 생각하고 집중해야 한다. 우리는 머릿속의 고유한 생각들을 밖으로 끄집어내야 한다. 획기적인 아이디어가 떠오르는 순간의 흥분감, 그 자체가 목적이 되어서는 안 된다. 학교의 창의력 검사에서는 좋은 점수를 받았지만 정작 현실에선 아무것도 하지 않는 신중한 모범생들을 우리는 많이 보게 된다.

여러분들 역시 어른들로부터 남과 다른 선택을 해야 남다른 인생을 살 수 있다는 말을 지겹도록 들으며 성장했을 것이다. 하지만 우리 대부분은 결국 남다른 선택을 하지 못하고 다수의 무리에 섞여 행진했다. 왜 그럴까? 바로 남과 달라 보이는 것에 대해 너무나 큰 두려움을 느꼈기 때문이다.

획일적인 집단주의 문화가 팽배해 있는 곳에서 남과 달라진다
는 것은 곧 부적응을 의미하기도 한다. 모난 돌이 정 맞는다는
말이 있듯 튀는 행동을 하는 사람은 언제나 공격의 대상이 되
기 쉽다. 우리는 남과 다른 것에 대해 두려움을 갖는다.

하지만 이제 우리가 맞이할 4차 산업혁명 시대는 다르다. 이
시대에는 자신에 대한 지식으로 무장한 사람만이 표면적 현상
에 압도되어 허우적거리지 않고 창조적인 삶을 살 수 있다.
4차 산업혁명 시대에는 자기만의 오리지널리티를 창조하는
인재가 각광 받는 시대이다. 이러한 시대에 타인과 다른 자신
만의 영역을 분명하게 만들어야 어느 상황에서도 흔들리거나
압도당하지 않고 똑바로 가고자 하는 방향으로 걷게 될 것이
다. 자신에 대한 지식이 없이 4차 산업혁명 시대를 맞이하는
사람들의 운명은 결국, 자신만의 철학과 색깔을 가진 사람들
의 손에 끌려가게 된다.

창의적이지만 창조적이지 못한 영재는 그 성취가 개인적 만족 수준으로 국한된다. 영재가 창조적인 성인 영재로 성장하여 자아실현을 해내고 그 행복이 사회적 차원으로 확장되기 위해서는 일찍부터 자신만의 고유성을 발견하고 개발하며, 그것을 표현하고 버티는 훈련을 해야 한다.

References
참고문헌

참고한 국내 문헌

신성권, 〈천재, 빛나거나 미쳤거나〉, 팬덤북스, 2021

신성권, 〈보통 사람들을 위한 창조성 수업〉, 미래북, 2020

고영성, 신영준 〈완벽한 공부법〉, 로크미디어, 2017

권혜숙, 〈영재를 이해하는 부모 영재로 착각하는 부모〉, 루비박스, 2012

이혜정, 〈서울대에서는 누가 A+를 받는가〉, 다산에듀, 2014

이창학, 〈영재는 과학이다〉, 예담, 2011

영재의 비법 제작팀 지음, 〈영재의 비법〉, 넥서스BOOKS, 2010

정선주, 〈학력파괴자들〉, 프롬북스, 2015

지형범, 〈영재성 바로 알기〉, 한국경제신문, 2016

참고한 국외 문헌

미하이 칙센트미하이(최인수 역), 〈몰입 flow〉, 한울림, 2004

리처드 니스벳(설선혜 역), 〈인텔리전스〉, 김영사, 2010

말콤 글래드웰(노정태 역), 〈아웃라이어〉, 김영사, 2008

알버트 아인슈타인(역자 김기덕), 〈나의 자서전〉, 민성사, 1994

체자레 롬브로조(김은영 역), 〈미쳤거나 천재거나〉, 책읽는귀족, 2015

앤드루 로빈슨(박종성 역), 〈천재의 탄생〉, 학고재, 2012

제임스 웨브 외 5명(윤여홍 역), 〈영재와 정신건강〉, 학지사, 2009

하워드 가드너(문용린 역), 〈다중지능〉, 웅진지식하우스, 2007

잔 시오파생(이은주 역), 〈어른이 된 영재들〉, 도마뱀출판사, 2008

로버트 그린, 주스트 엘퍼스(안진환, 이수경 역), 〈권력의 법칙〉, 웅진 지식하우스, 2009

쇼펜하우어, 〈생존과 허무〉, 빛과 향기, 2006

개럿 로포토(장은재 역), 〈다빈치형 인간〉, (주)고려원북스, 2012

스탠 라이(신다영 역), 〈어른들을 위한 창의학 수업〉, 에버리치홀딩스, 2017

Davis, G. A. & Rimm, S. B.(1989), Education of the gifred and talented, Englewood Cliffs, NJ: Prentice-Hall.

Linda S. Gottfredson, (1998), 〈The General intelligence factor〉, Scientific American Special

Grossberg, Ingrid N. , Cornell, Dewey G., (1988), Relationship between Personality Adjustment and High Intelligence: Terman versus Hollingworth, Council for Exceptional Children

Silverman, L. K., (2002), Upside-down brilliance: The visual-spatical learner. Denver, CO: Deleon publishing

Gardner, H.(1983). Frames of mind : The theory of multiple intelligences. New york: Basic Books.

Marland, S. P.(1972). Education of the gifted and talented. Report
to the subcommittee on education, committee on labor and
public welfare, U.S senate. Washington, D.C : U.S
Government printing office.

Renzulli, J. S.(1978). What makes giftedness? : Reexamining a
definition. Phidelta Kappan, 60(3). 180~84, 261.

Renzulli, J. S.(1978), The Enrichment Trial Model, Creative
Learning Press.

Terman(1925). Genetic Studies of Genius, Mental and Physical Traits
of a Thousand Gifted Children, Vol.1, Stanford University Press.

참고한 기사

허핑턴포스트코리아, 똑똑한 사람은 친구들과 자주 어울릴수록 불행하다고
느낀다, 박세희, 2016
조선일보, IQ 130 이상일수록, '보통' 사람보다 정신적 질환 · 장애 확률 더
높다, 김유진 인턴 , 2017